rororo

Zwei Geschichten von der Liebe, die sich beide um ein Datum und ein Motiv ranken: Sie spielen in der Nacht des 19. März 1929 und sie handeln beide von der Liebe und ihren Bedingungen.

«Vielleicht helfen Geschichten wie diese, mit der Verlorenheit der Welt fertig zu werden.»

(«Frankfurter Rundschau»)

Peter Høeg, geboren 1957 in Kopenhagen, studierte Literaturwissenschaft und trat als Tänzer und Schauspieler auf. Er schrieb Theaterstücke, Romane und Erzählungen. Mit seinem Roman «Fräulein Smillas Gespür für Schnee» (rororo 13599) errang er einen Welterfolg.

Peter Høeg

Reise in ein dunkles Herz

Erzählungen

Deutsch von
Monika Wesemann

Rowohlt Taschenbuch Verlag

Veröffentlicht im Rowohlt Taschenbuch
Verlag GmbH, Reinbek bei Hamburg,
August 2001
Die Erzählungen der vorliegenden
Ausgabe wurden dem Band
«Von der Liebe» entnommen

Die Originalausgabe erschien unter dem Titel
«Fortællinger om natten»
bei Rosinante / Munksgaard, Kopenhagen

Umschlaggestaltung Susanne Heeder
(Foto: Tony Stone Images)
Satz Palatino PostScript (PageOne)
Gesamtherstellung Clausen & Bosse, Leck
Printed in Germany
ISBN 3 499 33177 2

Die Schreibweise entspricht den Regeln
der neuen Rechtschreibung.

Inhalt

Reise in ein dunkles Herz

«A book is a deed (...) the writing of it is an enterprise as much as the conquest of a colony.»

Joseph Conrad in «Last Essays»

«Die Mathematik ist das Schattenbild der wirklichen Welt auf dem Bildschirm des Verstandes.»

Archimedes zugeschrieben

Am 18. März 1929 war der junge Däne David Rehn anwesend, als die Eisenbahn von Cabinda in der Nähe der Kongomündung nach Katanga in Zentralafrika der Aufrichtigkeit geweiht wurde.

Anwesend waren auch der belgische König und die Königin, Premierminister Smuts von der Südafrikanischen Union und Lord Delamere aus Kenia, und alle sprachen sie, und ihre Worte gingen David ins Blut wie Champagner. Später, beim Diner im Gouverneurspalast, nahm er keinen Tropfen Alkohol zu sich, bewegte sich aber dennoch unter den schwarzen Dienern und weißen Gästen den ganzen Abend in einem angenehm schwindligen Rausch. Wer was gesagt hatte, wusste er nicht mehr genau, doch die Worte würde er nie vergessen. Hatte nicht der König persönlich mit einer ausladenden Handbewegung gesagt: «Sehen Sie, meine Damen und Herren, der Ozean ist so blau wie das Ägäische Meer, über uns steht die weiße Sonne, uns umwehen die lauen Winde des Meeres, ist hier nicht deutlich Griechenland zu spüren? Auch die Griechen befuhren die Küsten Afrikas, sie waren die ersten Kolonisatoren dieses Kontinents, und haben wir nicht in Wirklichkeit das Streben der Antike vollendet? Aufrichtigkeit des Gedankens, Aufrichtigkeit in der Machtausübung, Aufrichtigkeit im Handel waren ihr Ziel. Kein Opfer war ihnen auf ihrem Weg zu groß, und denken wir bei der Einweihung dieser vielleicht längsten Eisenbahnstrecke Afrikas nicht an den Koloss von Rhodos, fallen uns nicht der Artemistempel in Ephesos, fallen uns nicht die sieben Weltwunder ein, und ist diese Eisenbahn nicht das achte? Die reinen Linien des Gedankens und des Handels, sind das nicht diese beiden blanken Stahlschienen, die als Pulsadern der Zivilisation dreitausend Kilometer durch den Dschungel, tief in das Herz des dunklen Kontinents, reines und sauerstoffreiches Blut führen sollen?»

Noch nie in seinem Leben war David Staatsoberhäuptern und der internationalen Finanzaristokratie so nah gekommen, und er hatte das Gefühl, dass ihre Begeisterung und Geradlinigkeit ihn an diesem Tag zum ersten Mal seit langer, langer Zeit klar sehen ließen.

Ein Jahr zuvor hatte ihn das plötzliche, Schwindel erregende Erlebnis der Unvorhersehbarkeit des Daseins aus einer Bahn geworfen, der er seit seiner Kindheit gefolgt war, und ihn in eine Wildnis der Unsicherheit geschleudert. Verwandte mit gutem Willen und Einfluss hatten versucht, ihn daraus auf den rechten Weg zurückzuholen, indem sie ihn in eine ursprünglich dänische, jetzt aber weltumspannende Handelskompanie einführten, wo sie ihm das einzig sichere Transportmittel des Daseins verschafft hatten, nämlich eine gute feste Anstellung, und wo einer der Direktoren der Gesellschaft versprochen hatte, sein Mentor zu sein.

Im Kopenhagener Hauptsitz des Unternehmens hatte David versucht, sich zu dem Punkt zurückzuarbeiten, von dem sich die Welt zusammenhängend und überschaubar ausnimmt, doch vorläufig war er nur bis zur Sympathie der Leute vorgedrungen. Die Leute mochten David wegen seiner Freundlichkeit, seines Fleißes, seines so glatten und vertrauensvollen Gesichts und seiner linkischen Bewegungen und aus einem anderen Grund, den sie sich eigentlich nicht genau erklären konnten. Auch der Direktor hatte sich seine Motive nicht ganz klar machen können, als er David vorschlug, ihn nach Belgisch-Kongo zu begleiten, zur Einweihung der Katanga-Eisenbahn, an der die Kompanie gewisse Interessen hatte.

Bis vor einem Jahr und so weit er zurückdenken konnte, war David Mathematiker gewesen. Nicht Mathematiker wie Leute, die diese Disziplin erlernen, weil sie meinen, auf diesem Gebiet schneller zu begreifen als auf anderen, oder weil man ja schließlich einen Beruf haben muss oder aus Neugier, sondern Mathematiker aus einem tiefen, brennenden, leidenschaftlichen

Verlangen nach der glasklaren, gereinigten Wissenschaftlichkeit der Algebra, aus der alle irdische Unsicherheit herausdestilliert ist. Als er in die Realschule kam, hatte er die Infinitesimalrechnung besser verstanden als seine Lehrer, und als man den Achtzehnjährigen anlässlich seines Aufsatzes über abelsche Gruppen, den er in einer deutschen Zeitschrift veröffentlicht hatte, interviewte, erzählte er – errötend, weil die Gegenwart der Journalistin seine Konzentration gefährdete: «Ruhiges, mathematisches Denken ist meine größte Freude.»

Die Algebra war die einleuchtende, die euphorische, die in jeder Hinsicht befriedigende Lebensbahn für David, bis er bei einem Studienaufenthalt an der Universität Wien einem jungen Mann begegnete, der ein paar Jahre jünger war als er selbst und in einem Nebel der Zerstreutheit und Zuversicht mit David zusammenprallte. Der junge Mann hieß Kurt Gödel. Er hatte eine schwache Gesundheit und besaß eine Wissbegierde, die nichts als gegeben hinnahm, und seine Umgebung hatte ihn immer «Herr Warum» genannt. Er arbeitete jetzt an einem Gedanken, der wenige Jahre später zu einer Beweisführung werden sollte, die das Fundament der ganzen Mathematik ins Wanken brachte. Obgleich zu der Zeit noch nicht lückenlos, erschütterte diese Beweisführung David in seinen Grundfesten. An dem Tag, als ihn Kurt Gödel in einem Café an seinem stringent formulierten Zweifel hatte teilhaben lassen, lief David in schockierter Trance durch die Straßen von Wien, in dem klaren Bewusstsein, dass nach dem, was er heute gehört hatte, nichts jemals wieder so sein würde wie zuvor. Längst hatte er gelernt, die Mathematik auch als Medizin und Stimulanz zu benutzen. War er traurig, tröstete er sich mit Bertrand Russells sprudelnder Logik, war er hochmütig, las er einen der fehlgeschlagenen Versuche der geometrischen Dreiteilung des Winkels, und war sein Gemüt in Aufruhr, so fand er Meeresstille und Stringenz in Euklids Elementen. Als er aber an diesem Tag Trost für seine Verzweiflung suchen wollte, tat er einen Fehlgriff.

Auf seinem Tisch lag eine schön gebundene Faksimileausgabe der Aufzeichnungen des französischen Mathematikers Galois. David las wie so oft zuvor das von dem jungen Mann hastig niedergekritzelte Resümee seiner Epoche machenden Lebensarbeit an der Lösung irreduzibler Gleichungen und seines lichten Glaubens an die Zukunft. Am Ende hatte der damals einundzwanzig Jahre alte Galois notiert: «Ich habe keine Zeit mehr. Ich muss mich duellieren.» Er war von seinen Notizen aufgestanden und in seinen Tod gegangen, und mit einem Mal erschien es David, als läse er von seiner eigenen Vernichtung.

Am selben Abend noch reiste er aus Wien ab, fest entschlossen, sich nie mehr mit Mathematik zu beschäftigen. Alle, die später hinter seinem Rücken über seine Verzweiflung lachten, verstanden nie, dass die Liebe so umfassend ist, dass sich für den Liebenden das Wesen des Lebens im Kleinsten offenbart und die Wahrheit des Lebens mit der kleinsten Wahrheit, selbst mit der eines mathematischen Beweises, stehen und fallen kann.

Um dennoch leben zu können, hatte sich David in eine arbeitsame Gefühllosigkeit geflüchtet, aus der er erst durch seine Begegnung mit den Tropen herausgerissen wurde. Anfangs hatte er das Gefühl, nur zu einer neuen, unerträglichen Verwirrung geweckt worden zu sein, denn vierzehn Tage nach der Abreise fuhr ihr Schiff «Earnest», eines der Passagier- und Frachtschiffe der Kompanie, in eine Hitze hinein, die wie eine unsichtbare Mauer in der Luft stand. Danach kam die Ankunft in Afrika und mit ihr der Sonnenglast über Davids Kopf; die unbekannten Gemüse und Gewürze waren ein Anschlag auf seine Verdauung und die dunklen und unfassbaren Gesichter um ihn herum ein Kreuz für seine Gedanken. Erst nach einem Monat wurde seine anfängliche Verwirrung durch ein Gefühl zwar nicht der Geborgenheit, aber doch der Stabilität verdrängt. Bei der Einweihung der Eisenbahn erfüllte ihn dann das erste jubelnde Gefühl einer Klarheit, die er bis dahin für immer verloren geglaubt hatte.

An diesem Tag hatte eine plötzliche Kühle der Luft den nahezu stofflichen Druck gelockert, vor dem Gouverneurspalast stiegen die Gedanken der vielen Menschen frei zum blauen

Himmel empor. Die Brise vom Meer her wehte die Stimmen der Redner zu den Zuhörern auf den Platz hinaus, und David sah, dass diese Redner glücklich waren. Die Regenten und Verantwortlichen der zivilisierten Welt hatten an diesem Tag freudig gerötete Wangen, ihre Hände zitterten in tiefer innerer Bewegung, ihre Augen wurden blank, ihre Stimmen unsicher. Es erschien David einleuchtend und richtig, dass gerade diese Männer die Zukunft der Welt in ihrer Hand hielten, und zum ersten Mal begriff er, dass das Volk mit solchen Führern keinen politischen Überblick braucht, mit solchen Führern brauchen wir uns, dachte er, vielleicht überhaupt nicht mit Politik zu beschäftigen; denn zum einen ist ihr Einblick so tief, dass wir ihn ohnehin nicht ausloten können, zum anderen können sie – an einem Tag wie heute – die Politik so klar und durchsichtig machen wie das blaue Meer hinter der Brandung von Cabinda.

Für David hatte die tiefste Ehrlichkeit immer die Form von Zahlen gehabt, und dieser Tag war voller Zahlen gewesen. Rücksichtslos mutig und aufrichtig hatte der Direktor der Bahn,

Sir Robert Wilson, die nummerischen Aspekte der Konstruktion vorgetragen: «Wir haben», sagte er, «siebentausend Mann zweitausendsiebenhundertundsieben Kilometer Gleise durch Landschaften legen lassen, deren Temperaturen zwischen vierzehn und hundertzwanzig Grad Fahrenheit schwanken und deren sämtliche Steigungen und Neigungen zusammen zweihunderttausend Meter ausmachen. Das Gleis ist einen Meter breit und hat pro Kilometer zweihundertfünfzigtausend Francs gekostet, insgesamt zweihundertsiebzig Millionen siebenhundertfünfzigtausend Francs. Die Strecke folgt dem Kongo über Leopoldville nach Llebo und führt weiter nach Bukama und zu den Kupferminen von Katanga, wo sie auf die Benguela-Eisenbahn aus Angola und die Rhodesien-Katanga-Eisenbahn trifft, und im Laufe nur weniger Jahre werden wir eine Verbindung zur Zentraleisenbahn von Tanganjika haben und damit Afrika vom Indischen Ozean bis zum Atlantik, von Kapstadt bis zur Sahara durchdringen und öffnen.»

«Öffnen und durchdringen», dachte David

später, verwirrt und glücklich, und hörte sich der Gattin des belgischen Kolonialministers erzählen, dass eines der Vorbilder seines Lebens, der große Kronecker, einmal gesagt habe: ‹Gott hat die natürlichen Zahlen geschaffen – der Rest ist Menschenwerk.› «Und welch ein Menschenwerk!», sagte er begeistert zu der Ministerfrau.

Aus Anlass der Feierlichkeiten hatte man im Palast mehrere Trennwände herausgenommen, wodurch ein Saal in der ganzen Länge des Gebäudes entstanden war. Hier war für alle an einem endlosen Tisch gedeckt, und über die ganze Länge des Tisches hatte man ein Miniaturmodell der Eisenbahn aufgebaut. Das Porzellan war Crown Derby, der Wein ein Chambertin-Clos de Bèze, der Rehrücken schmeckte, fand David, wie Rotwild daheim, und als die plötzliche Tropenfinsternis einfiel, empfand er das zum ersten Mal nicht als Überfall, denn die Lüster wurden angezündet, und nur die weißen Tropenanzüge, die Sonnenbräune der Männer und die schwarzen Diener in Livree und weißen Handschuhen verrieten, dass dies nicht Europa war.

Dieses Abendessen wurde von einem starken Zusammengehörigkeitsgefühl beherrscht, die Gäste hatten das Gefühl, alle eine mühevolle und gut geleistete Arbeit hinter sich zu haben; sie spürten ein leichtes Gliederreißen, als hätten sie selbst Erde geschaufelt und Schwellen geschleppt. Die Arbeitsgemeinschaft hatte alle Rangunterschiede verwischt, alle waren geradezu und lautstark, die Ministerfrau schäkerte mit David, der das Gefühl hatte, dass in dieser hochkarätigen Gesellschaft jeder Einzelne und auch er selbst an Wert gewann, «hier haben wir», dachte er, «alle einen selbstverständlichen Platz und eine Bedeutung im Gefüge, keiner muss als nicht definierbare Größe in einer Ecke stehen».

Beim Dessert erreichte die Gesellschaft eine Nachricht, die die letzte Steifheit der formellen Umgangsformen beseitigte. Irgendwann wurde der belgische König fortgerufen, und als er kurz darauf zurückkehrte, war er so blass, dass sich niemand zusammennahm und aufstand, als er sich hinter seinen Stuhl stellte. Er schlug an sein Glas und erhob die Stimme etwas. «Ich habe», sagte er, «soeben eine glückliche Nachricht erhalten. Ein englischer Journalist, der vor zwanzig Minuten mit dem Dampfer aus Sankuru angekommen ist, um als Gast der belgischen Regierung auf der morgigen Jungfernreise unserer Bahn die Weltpresse zu vertreten, teilt uns mit, meine Damen und Herren, dass die vereinten belgischen, englischen und portugiesischen Truppen unter Leitung von General Machado gestern bei Kamina die eingeborenen Aufrührer besiegt haben, die während der letzten Jahre der Bauarbeiten unser größtes Problem waren. In der Schlacht wurde der Anführer, Lueni aus Uganda, getötet. Die Leiche wird jetzt auf dem Fluss hierher gebracht.» Der König schlug die Hacken zusammen. «Meine Damen und Herren, auf das Wohl unserer tapferen Truppen!»

Einen Augenblick lang war es ganz still. Dann erhoben sich alle und stießen in tiefem Ernst an, denn ein glückliches Ereignis kann so heftig sein, dass man es nur allmählich und schweigend begreift. Für Neuankömmlinge wie David war der Name Lueni nur ein exotischer Laut, bedrohlich wie der dichte Dschungel um die Stadt. Für die Ansässigen aber war er ein Konzentrat der Angst, ein plötzlicher Tod wie Gehirnmalaria, ausbleibender Nachschub und Hunger, ausgebrannte Dampfer, die ohne Spur ihrer Besatzung den Fluss hinuntertrieben, es war ein Name aus dem innersten Raum der finsteren Hölle Afrikas.

Einen Augenblick lang sahen alle in tiefem Schweigen wie in einer Vision die Leiche, schwarz wie poliertes Holz, auf einer Segeltuchbahre ausgestreckt, dann aber kam die Freude wie ein Strom, man rief nach Champagner, der König verlor die Selbstbeherrschung und drückte Sir Wilson an seine Brust, und in den Augen des Monarchen sah man Tränen glänzen. Der alte Lord Delamere, der, wie alle wussten, im Ochsenkarren von Mombasa und durch Rift Valley gezogen war und mehr als einmal mit dem Gewehr in der Hand für das Leben seiner Frau und seiner Kinder gekämpft hatte, saß zusammengesunken da, die Hände um die Tischkante geklammert, und murmelte: «Ist das möglich, ist das möglich?» Einige stimmten die belgische Nationalhymne La Brabanconne an, die Leute klopften einander auf die Schulter, und David entdeckte irgendwann zu seiner Verblüffung, dass er die Ministerfrau an der Hand hielt. Glücklich sah er in die glühenden Gesichter, auf die blitzenden Orden, auf die strahlenden Kleider und die Livreen der Diener. Er spürte, wie der Raum nach dieser mächtigen Ingenieurarbeit und der militärischen Leistung in ausgelassener Brüderlichkeit wogte. Die Hand der Gnädigen in der seinen, begriff er in plötzlicher Empfänglichkeit für Symbole, dass das hier wie ein Kasernenfest war, ein glücklicher Karneval, hinter dem sich die vollkommenste Ordnung verbarg.

Später ging er in den Garten hinaus, um einen Augenblick lang allein zu sein. Er hatte das Gefühl, die Tropen lachten ihm zu wie eine junge Negerin. Die unbekannten und verlockenden Laute und Düfte umwogten ihn, durch die offenen Türen erreichte ihn Grammophonmusik, dort drinnen tanzte man Straußwalzer, der Gouverneurspalast glich mit seinen weißen Säulen einem erleuchteten griechischen Tempel, und über den Dachzinnen stieg das Sternbild Waage empor, das große himmlische Quadrat, «vielleicht», so dachte David, «als Zeichen und Aufforderung, nicht aufzuhören, wo Galois aufgehört hat».

Am Nachmittag des folgenden Tages, als die Eisenbahn mit der ersten Abfahrt von Cabinda nach Katanga offiziell eingeweiht wurde, als die Freude des Vortages durch die Aussicht auf die Reise verstärkt wurde, als das Heeresorchester spielte, als der König den Reisenden zum Abschied die Hand gedrückt hatte, als alle Gedanken unzweideutig den Eisenbahngleisen zu den fernen, blauen Bergen folgten, da entstand auf dem Bahnsteig, unbemerkt von allen, außer einigen wenigen Dienern und Stewards, am Übergang vom Schatten des Schutzdachs zur weißen Sonne ein Augenblick des Zweifels. Am Tag zuvor hatte der Kolonialminister – beseelt von der gehobenen Stimmung und der Nachricht von der Niederlage der Aufrührer – mitgeteilt, dass er die Reise mitmachen würde. Seine Gattin hatte David anvertraut, dass er mit jeder neuen Machtbefugnis, die er in seinem Leben erreicht hatte, zwei Pfund zugenommen habe.

Als sich nun die kolossale Gestalt in den vorderen Salonwagen zwängte, der alle Geladenen hätte aufnehmen sollen, war mit einem Mal klar, dass der Wagen voll war.

In diesem Augenblick wurde zischend das Drucksystem des Zugs ausprobiert, und in der Dampfwolke über dem Bahnsteig gingen vier übrig gebliebene Gestalten wie aus dem Boden geschossen aufeinander zu. Während man um sie herum dafür sorgte, dass noch ein Wagen an den Zug angekoppelt wurde, starrten sie einander in die Augen. David hatte in den vergangenen Tagen auf verschiedene Gesichter Acht gegeben, diese drei aber hatte er ganz sicher noch nie zuvor gesehen. Sie standen vor ihm, als hätten sie sich aus diesem kleinen peinlichen Versagen einer ansonsten tadellosen Organisation herauskristallisiert, schweigend und fremd, als sollten sie nie Kontakt finden, als teilten sie nur dies eine: außerhalb zu stehen.

Direkt vor David stand ein Soldat, eine gedrungene, schroffe, abweisende und massive Gestalt mit einer schwarzen Augenklappe und einer Uniformbrust, die mit so vielen Beweisen unverwelkbarer militärischer Ehren übersät war, dass man, dachte David, keinen Platz finden würde, um mit einem Bleistift auch nur das kleinste «Quod erat demonstrandum» auf den unglaublich weißen Galamantel zu schreiben. David verstand sich nicht auf das Militärwesen, doch unter den blinkenden Symbolen erkannte er den deutschen Adler, und ihn erfüllte eine flüchtige Verwunderung darüber, hier unter den siegreichen Nationen des Weltkriegs diesem zerzausten Vogel der Niederlage zu begegnen.

In der Sonne stand ein schwarzes, schlankes Dienstmädchen in weißem Kleid. Sie trug einen großen Lederkoffer, der der ältesten und vierten Person der Gesellschaft gehörte, einem rotwangigen Mann mit melancholischen Augen, poröser und ungesunder Gesichtshaut und einem prahlerischen gewichsten Schnurrbart; er trug einen Anzug aus teurem englischem Tweed, mit Weste und Halsbinde, die in der Tropenhitze selbstmörderisch wirkten.

In dem Augenblick, da das Schweigen für David nicht länger zu ertragen war und er die

Hand ausstreckte, um sich vorzustellen, in dem Augenblick wurde die Gesellschaft von einer weiteren Dampfwolke eingehüllt. Freundliche Hände ergriffen David und sein Gepäck und führten ihn an den Mannschaftswagen mit Soldaten vorbei, vorüber an den Güterwagen, die zum ersten Mal eine größere Menge Güter der westlichen Zivilisation in die Minen von Katanga transportieren und Kupfer und Gold zurückbringen sollten, und weiter zu dem angekoppelten Salonwagen. Vom Trittbrett aus sah er die Majestäten und den belgischen Distriktskommissar zum Abschied winken, hinter dem Bahnhofsgebäude ging die Sonne unter, so schnell, als fiele sie senkrecht auf den Horizont. Die Soldaten grüßten aus den Zugfenstern mit gefällten Bajonetten, und David dachte, jetzt fahren wir nach Afrika hinein, gewehrstarrend wie ein Igel, ein aggressiver Igel auf Schienen, und im selben Moment packte ihn die Verlegenheit über seine eigene maßlose Phantasie und über die vielen Menschen, die auf dem Bahnsteig winkten und Hurra schrien, und errötend stolperte er in die kleine Garderobe hinter sich.

Hier blieb er einen Augenblick stehen und zog seine helle Jacke zurecht. Dann öffnete er die Tür zum Salon.

Nach einem Monat in den Tropen hatte David geglaubt, sich so leidlich an die jähen Wechsel zwischen Dunkelheit und Licht gewöhnt zu haben, an die heftigen Kontraste, die ihm in den ersten Wochen Kopfschmerzen bereitet hatten. Trotzdem blieb er jetzt einen Moment gelähmt an der Tür stehen, während er zu begreifen versuchte, wie es zugehen konnte, dass er hier aus Afrika heraus- und in den extremsten und dennoch klassischen europäischen Komfort eingetreten war. Den Boden bedeckte ein dicker, dunkelroter Orientteppich, an den Fenstern hingen schwere, cremefarbene Seidengardinen, um einen Tisch standen lederne Polstersessel, an den Wänden hingen Gemälde von kühlen Eichenwäldern, an der Decke war vergoldeter Stuck, und am fernen Ende des Raumes sah er einen offenen Marmorkamin. Das ganze unwahrscheinliche Tableau wurde von zwei hohen, schlanken Petroleumlampen auf dem Tisch erleuchtet.

Seine beiden Reisegefährten standen noch, als warteten sie auf ihn. David sah die Uniform und den Herrn in Tweed an, und ihm fiel das Wort «Theater» ein. «Das hier ist eine Kulisse», dachte er, «deshalb rüttelt und schlingert das Ganze, man lässt uns gerade vom Schnürboden auf die Bühne hinunter.»

In diese kurze, zwischen ihnen sich erstreckende Leere aus Zweifel und Unverantwortlichkeit trat nun der Mann in Tweed, verbeugte sich steif, wartete auf eine Reihe nervöser Zuckungen in seiner linken Schulter, die sich über sein Gesicht hin fortpflanzten und verloren, und ergriff mit Höflichkeit und Autorität das Wort.

«Meine Herren», sagte er, «gestatten Sie mir, dass ich mich vorstelle. Ich bin Journalist. Ich hatte gestern die Ehre, Seiner Majestät die Botschaft vom Sieg unserer Truppen zu überbringen. Ich bin deshalb, wie Sie verstehen werden, erst gestern auf dem Fluss diesen Weg gekommen, eine Reise, die ich vor vielen Jahren schon einmal gemacht habe. Ich möchte mich deshalb, indem ich auf meine relativ größere Erfahrung und die – wie soll ich sagen – *responsabilité sociale* verweise, die das Alter verleiht, erbieten, Ihr Gastgeber zu sein.» Er klopfte leicht auf zwei der breiten Ledersessel, David und der Soldat nahmen Platz, und David dachte, dass es sich hier nicht um ein Angebot, sondern um einen Befehl handele und bereits hinter der Höflichkeit der ersten Begrüßungsworte des alten Mannes etwas lauere, das David – hätte er nicht gewusst, wie gut gekleidet und in jeder Hinsicht respektabel sein Gastgeber war – insgeheim durchaus als melancholische Unverschämtheit hätte bezeichnen können.

In einer Ecke nahm das Mädchen unaufgefordert auf einem Schemel Platz und blieb völlig regungslos sitzen.

«Diese Reise», fuhr der Mann, der nun ihr Gastgeber war, fort, «wurde, so habe ich mir sagen lassen, gestern der Aufrichtigkeit geweiht. Es soll also keine ganz gewöhnliche Zugreise sein, an deren Ende man seinen Mitreisenden ebenso unbekannt ist wie zu Beginn. Ganz im Gegenteil, wir müssen unseren Teil dazu beitragen, den Wunsch Seiner Majestät zu erfüllen, und sie zu einer Reise der Offenheit machen. Deshalb müssen wir uns zunächst unbedingt miteinander bekannt machen. Mein Name ist Joseph Korzeniowski, aber meine Freunde, zu denen ich Sie, davon fühle ich mich überzeugt, nach unserer Reise zählen kann, nennen mich Joseph K.»

In diesem Augenblick stellte ein schwarzer Diener eine Flasche Champagner in einem großen Silberkühler auf den Tisch und machte sich danach daran, den Kamin anzuzünden. Gleichzeitig ging ein leichter Ruck durch den Zug, denn die Lokomotive begann ihren Anstieg zu den fernen Bergen, und David fiel ein, dass die Nacht selbst hier am Äquator kalt werden konnte.

Dann verstand er, dass man auf ihn wartete, und richtete sich auf. «Mein Name ist David Rehn», sagte er, «ich bin Mathematiker.»

Das Letzte war ein spontaner Zusatz. Er hätte sich als Sekretär der dänischen Delegation vorstellen sollen, aber hatte ihr Gastgeber nicht gesagt, dass sie alle auf dem Weg in die Nacht der Aufrichtigkeit seien? Joseph K. rieb sich denn auch zufrieden die Hände. «Ein Mathematiker», sagte er, «wie richtig, wie ... symbolisch, denn sagen Sie mir, ist die Mathematik nicht das Wahrste, was es gibt, die Disziplin, die der Idee des Universums am nächsten kommt?»

«Doch!», entfuhr es David, und errötend, aber stolz fügte er hinzu: «Ein großer Mathematiker hat einmal gesagt, als Gott Himmel und Erde schuf und Licht und Dunkel und Wasser und Erde und Oben und Unten trennte, da habe er sich als Mathematiker erwiesen, denn diese Taten setzten die Kenntnis der binären Gegensätze voraus. Wir können also auf die Frage, was im Anfang war, antworten: Im Anfang war die Mathematik.»

«Welch leuchtender Aphorismus», sagte Joseph K. und versuchte den Champagner zu öffnen, was jedoch misslang, und David bemerkte, dass sein rechtes Handgelenk stark geschwollen war. Da nahm ihm der Soldat die Flasche ab. Unter den großen, kundigen Händen glitt der Korken mit ganz schwachem Zischen heraus, worauf er langsam und sorgfältig, die Serviette zwischen der warmen Hand und der kalten Flasche, einschenkte, sich im Sessel zurücklehnte und mit starkem deutschem Akzent sagte: «Ich bin von Lettow-Vorbeck. General Paul von Lettow-Vorbeck.»

Selbst für David, der nicht ganz frei davon war, einen Hauch von Stolz darüber zu empfinden, dass er über den Teil der Welt, der keine Erwähnung in mathematischen Zeitschriften fand, nichts wusste, stand dieser Name, einmal ausgesprochen, mit einer Schwere im Raum, als habe sich ein Reiterstandbild materialisiert. Für Europa war General von Lettow-Vorbeck zu der Zeit das Heldenhafte schlechthin, er war ein Heros, und sein Ruf litt nicht im Geringsten unter der Tatsache, dass er aufseiten des verlierenden Deutschlands gekämpft hatte. Ganz im Gegenteil, Lettow-Vorbeck hatte während des Weltkriegs in Ostafrika mit dem Mut eines Löwen, der Klugheit eines Elefanten und der Giftigkeit einer Schlange gegen eine vernichtende Übermacht für die rechtmäßigen deutschen Kolonien gekämpft. Für die Engländer und jene Inder, die man auf den afrikanischen Kontinent geholt hatte, damit sie an diesem europäischen Krieg teilnehmen konnten, war er zu einem Mythos geworden, den sie nie sahen, dessen Nähe sie aber immer spürten. An der Spitze seiner weißen Soldaten und schwarzen ‹Askaris› hatte er eine Nadelstichtaktik entwickelt und verfeinert, einen Guerillakrieg, der die unvermeidliche Konfrontation und die unvermeidliche Niederlage vor sich herschob und ihm deshalb den gleichen Spitznamen eingetragen hatte wie dem gerissenen römischen Konsul Quintus Fabius Maximus, nämlich der «Zauderer». Als er mit Deutschlands Niederlage auf Befehl aus Berlin bei Kasama die Waffen niedergelegt hatte, zog er heim zu einem Heldenempfang und zu militärischen und politischen Ehrenämtern, die alle von einer feinen, nie übertriebenen Märtyrerglorie umgeben waren. Man war sich stillschweigend darüber einig, dass General von Lettow-Vorbeck ohne den Befehl zur Kapitulation noch heute irgendwo am Ufer des Tanganjikasees kämpfen würde.

Nun saß dieser Recke, von dem alle gehört, den aber so wenige gesehen hatten, als gemütlich zurückgelehntes Dschungelphantom in dem breiten Ledersessel.

«Herr General», sagte Joseph K. und kehrte in einer Geste der Ohnmacht seine Handflächen nach oben, «ich finde keine Worte, der Auserwählte des Kriegsgottes hier bei uns! Darf ich Ihnen sagen, dass ich mir – nun, da ich weiß, dass Sie es sind – erlaube zu meinen, dass ich Sie kenne, Herr General, denn ich habe natürlich Ihre *Erinnerungen aus Ostafrika* und Ihr unvergessliches, der deutschen Jugend gewidmetes *Heia, Safari* gelesen, in dem Sie uns allesamt daran erinnern, dass wir unsere Kolonien eisern im Griff behalten und nie loslassen sollten. Herr Rehn, Sie müssen sich an meine Seite stellen, damit wir beiden, als Vertreter der siegenden und ... zurückhaltenden Mächte einen Trinkspruch auf den tapferen Sohn Deutschlands und Europas, den Cunctator von Deutsch-Ostafrika, ausbringen können.» Mit einer schnellen, geübten Bewegung seines nicht steifen linken Handgelenks leerte Joseph K. sein Glas und füllte es erneut.

«Herr General», sagte er nach kurzem Nachdenken, «auch Sie sind ein Apostel der Wahrheit, auch Sie haben ja in Ihrem *Heia, Safari,* an das ich mich so ausgezeichnet erinnere, berichtet, dass gerade der Krieg Afrika dazu brachte, sein wahres Gesicht zu zeigen. ‹Der menschliche Krieg›, wie Sie ihn so schön nennen, und ich hoffe, Sie werden diese interessante Ansicht in dieser Nacht der Aufrichtigkeit erläutern, damit wir anderen sie gegen die bösen – meist bolschewistischen – Zungen verteidigen können, die in Europa gegen den Krieg wettern und behaupten, dass er immer, gleichgültig wo und wann, unmenschlich ist.»

Das sehende Auge des Generals hatte den Sprechenden unverwandt angestarrt. Jetzt zog er, ohne dass das kräftige Gesicht, das David an Konstruktionen aus schwerem Gusseisen denken ließ, seine Konzentration verloren hätte, die Klappe vor dem Auge fort und trocknete die Höhle mit einem schneeweißen Taschentuch und der gleichen bedächtigen Gründlichkeit, mit der er den Champagner geöffnet hatte.

«Der Krieg», sagte er darauf ruhig, «hat gezeigt, dass unsere Kolonien die Möglichkeit bieten, den Boden für ein neues Deutschland zu bereiten. Er hat deutlich gemacht, dass Afrika ungeahnte Ressourcen besitzt, dass der Kontinent ein ausgezeichnetes Territorium für die künftige deutsche Expansion darstellt.»

«Richtig, ich habe an Sie», sagte Joseph K. leutselig lächelnd, «immer als Paulus, den General des Herrn, gedacht, der auf seinen Missionsreisen das Evangelium verkündet. Haben Sie darüber nachgedacht, ob Sie es den Heiden verkünden, die zuhören, oder den Juden, die der Wahrheit den Rücken kehren werden?»

«Ich habe in meinem Leben keine Zeit gefunden, groß in der Bibel zu lesen», sagte der General zurückhaltend.

«Daran haben Sie recht getan», antwortete Joseph K. freundlich, «das praktische Leben sollte mit dem geistigen Hand in Hand gehen. War es nicht Ihr Kollege Cromwell, der einmal gesagt hat: ‹Vertraut auf Gott, Leute, aber haltet euer Pulver trocken›?»

Joseph K. wandte sich an David. «Und Sie, mein junger Freund», sagte er, «Sie sind, da wir uns nun schon bei der Symbolik der Vornamen aufhalten, natürlich der junge David, der soeben Gesalbte, der nicht weiß, dass das Leben auf ihn wartet, und der inzwischen» – hier erwog der Redner wählerisch seine Bilder – «seine mathematischen Schafe hütet.»

Jetzt war sich David sicher, dass hinter der höflichen Scherzhaftigkeit ihres Gastgebers etwas anderes und Drohendes lauerte, und er beugte sich zu ihm hin.

«Und wer sind Sie dann?», fragte er Joseph K.

«Ich», antwortete der alte Mann, und sein Gesicht leuchtete triumphierend auf, «ich bin Joseph, ausgestoßen von seinen Brüdern unter den Menschen, in einen Brunnen gestürzt, aus dem er sich aber schon herausziehen wird. Ich bin natürlich der Traumdeuter Joseph, und niemand hat den Traum von Afrika so verstanden wie ich.»

Während er von sich sprach, verschwand die Ironie aus seiner Stimme, an ihre Stelle trat ein mächtiges Selbstgefühl, mit dem er sich erhob und in den Raum hinaustrat, wo die Lampen auf dem Tisch sein blasses Gesicht von unten her erleuchteten und seinen Schatten hinter ihm an die Wand warfen, als hätte er einen Zeugen gerufen, der sein Format bestätigen konnte.

Bis zu diesem Moment war David in jeder Beziehung freundlich gesinnt gewesen, ja, hätte man die Leute, die ihn kannten, gefragt, so hätten die allermeisten wahrscheinlich sogar gesagt, sein Wesen kenne keine anderen Stimmungen, genau mit dieser vorbehaltlosen Freundlichkeit sei alles über David Rehn gesagt.

In diesem Fall hätten diese Leute seine Sehnsucht nach der Wahrheit vergessen. Alle Suchenden müssen das Falsche vom Wahren trennen, weshalb sie mit der glatten Lüge ebenso vertraut sind wie mit der Vernunft, und als sich David nun dem alten Mann zuwandte, zitterte unter seiner höflichen Frage etwas Neugieriges, Provozierendes und zugleich Impertinentes.

«Sie können mir ja», sagte er, «möglicherweise erklären, weshalb die Bilder von Afrika in Europa immer so unzugänglich wirken. Ich meine, die Bilder von Afrika, die uns erreichen, zeigen immer einen dunklen Waldrand, aus dem der plötzliche Tod als wildes Tier oder vergifteter Pfeil herauskommt. Mir ist der Gedanke gekommen, dass dies möglicherweise kein ausreichender Teil der Wahrheit sein kann. Von einer Theorie kann man verlangen, dass sie widerspruchsfrei, erschöpfend und so einfach wie möglich ist. Mir scheint, dass man das von dieser Waldrandtheorie nicht sagen kann.»

Jetzt verschwand das Lächeln aus Joseph K.s Gesicht, und als er antwortete, war seine Stimme gedämpft und kalt.

«Der Traum, von dem Sie hier reden, den habe ich geschaffen», sagte er, «und er ist dunkel, weil Afrika dunkel ist.»

Mit einem einzigen Ruck zog er an einer Schnur, die hellen Gardinen glitten zur Seite, und gegen das Fenster drückte schwarz und undurchdringlich die Tropennacht.

«Dort draußen», sagte Joseph K., «liegt Afrika, dort draußen liegt das Dunkel und wartet darauf, … uns alle einzustampfen. Dort draußen ist der Kongo, eine mächtige zusammengerollte Schlange, den Kopf im Meer und den Körper in einer Fieberhölle, und wenn es sinnvoll ist, diese Reise der Aufrichtigkeit zu weihen, dann nicht etwa, weil es dort draußen klare Verhältnisse gäbe. Dort draußen gibt es nur das große Vergessen. Nein, in der Begegnung mit dieser Schwärze ziehen sich einige Striemen durch unsere Seele, und bei einigen von uns entquillt den Wunden die Erkenntnis unseres Wesens und das Wissen, dass die Einsamkeit in das Dasein sozusagen eingebaut ist, dass wir leben, wie wir träumen, nämlich völlig allein.»

Mit dem letzten Satz hatte er seine Stimme wieder unter Kontrolle, trotzdem aber hing nun im Salon ein überempfindliches Schweigen, wie es einer plötzlichen Blöße folgt.

Da beugte sich David unvermittelt vor und blies die Petroleumlampen aus. Der Salon wurde zuerst stockfinster. Dann trat aus dem Dunkel draußen die mondbeschienene Landschaft mit einem weißen Glitzern hervor; als läge über den Baumwipfeln ein endloser Teppich aus Schnee.

«Das Licht der Wissenschaft birgt die Gefahr», sagte David still, «dass man glauben kann, die Welt und man selbst seien ganz erfasst, während man in Wirklichkeit von der

Lichtquelle geblendet ist und deshalb seine Umgebung dunkel und unverständlich sieht, während die eigene Nase strahlend hell erleuchtet ist. Wer Afrika in einem erleuchteten Salon bereist, wird nach seiner Rückkehr erzählen, Afrika sei ein drohender Waldrand.»

Nun saßen sie eine Weile schweigend da. In dem von draußen einfallenden Mondlicht waren die Gesichter des Generals und Joseph K.s bleich und glatt, von dem Dienstmädchen war nur das Kleid zu sehen, das Licht reichte nicht bis an das dunkle Gesicht. Da strich Joseph K. ein Streichholz an und entzündete die Lampen auf dem Tisch. Bei Licht waren seine Züge zunächst verbissen, dann entspannten sie sich.

«Sie sind ja», sagte er, als notiere er sich mit Interesse eine freudige Überraschung, «ein … intelligenter junger Mann. Und irgendwie sind Sie wohl auch … der Wahrheit auf der Spur. Aber was Sie sagen, würde in den Ohren der europäischen Öffentlichkeit nicht richtig … gut klingen. Es hat – darin geben Sie mir wohl Recht, Herr General – keine richtige … Schlagkraft.»

«Die Schlagkraft», sagte David mit einer nun trockenen Stimme, «interessiert mich nicht. Als Wissenschaftler, als Logiker interessiert mich nur die Wahrheit.»

Joseph K. erhob sich langsam und trat ans Fenster. Einen Augenblick blieb er stehen und blickte in die schwarze Glasfläche, in der sich der Salon, die Lampen und die Orden des Generals als blinkende Goldreflexe verdoppelten. Dann zog er die Gardinen vor und wandte sich dem Tisch zu.

«Das mit der Wahrheit», sagte er leise, «ist ausgezeichnet, ganz ausgezeichnet. Ich interessiere mich ja auch selbst dafür. Sie hat nur einen Haken, sie wird so … höllisch schlecht bezahlt! Ich weiß, wovon ich rede, denn ich kann Ihnen, als weiteren Beitrag zu der gemeinsamen Aufrichtigkeit, ein Geheimnis erzählen, nämlich dass ich hier nicht so sehr in meiner Eigenschaft als Journalist sitze, sondern weil ich Schriftsteller bin, sogar ein berühmter. Ich habe mich ein ganzes, langes Leben lang mit dem Unterschied zwischen Wirklichkeit und Phantasie vertraut machen können, und Ihnen, Herr Professor», sagte er zu David gewandt, «kann ich einen Spaltbreit das Tor zu meinem Erfahrungsschatz öffnen, der besagt, dass wir, die wir uns wie der Herr Feldmarschall dort und ich davon ernähren, weit gereist zu sein, von der Wahrheit verdammt nochmal nicht leben können.»

Einen Augenblick lang rührte sich der General nicht, dann beugte er sich zu Joseph K. hin. «Sie betrachten sich also», sagte er, «als einen Mann ohne Ehre.»

Der Schriftsteller goss den letzten Champagner in sein Glas und leerte es genießerisch. Dann lächelte er den General an.

«Selbst in meinem hohen Alter», erwiderte er, «hört das Leben nicht auf, mich zu überraschen. Hier muss ich mich über den Stolz belehren lassen, und das von einem Menschen, der sein Lametta» – hier machte er eine Handbewegung zu der ordengeschmückten Brust seines Gegenübers – «dafür bekommen hat, dass er sich zurückgezogen hat.»

Jetzt ließ von Lettows Auge seinen Widersacher nicht mehr los. «Ich habe», sagte er, «immer geglaubt, meinem Vaterland besser zu dienen, wenn ich auf den Knien weiterkämpfte, statt im Stehen zu sterben.»

«Und ich», antwortete Joseph K., «ziehe es als Mensch und Schriftsteller vor, beide Beine solide auf der Erde zu haben, statt mit dem Arsch auf Grundeis zu gehen. Als alter Seemann kann ich Ihnen ein paar Sachen darüber erzählen, wie süß es ist, wenn man weiß, dass man nicht tiefer sinken kann. Ich habe», sagte er und warf gereizt den Körper im Sessel zurück, «ich habe, kann ich Ihnen erzählen, meine Herren, einmal ein Buch über eine Reise geschrieben, die ich genau auf dieser Strecke unternommen habe, die wir heute fahren, und in dieses Buch hatte ich meine ganze Seele gelegt. Es war ein vollgültiger Ausdruck meiner selbst und enthielt deshalb natürlich Lüge und Wahrheit. Für die Wahrheit drohte mich das Publikum am Spieß zu braten, und für die Lüge wollte es mich vergolden. Seither habe ich immer sorgfältigst betont, dass meine Bücher Romane sind. Dann kann ich die Wahrheit immer leugnen und sagen, sie sei erdichtet, und von der Lüge behaupten, sie ruhe solide auf einem Fundament aus

Wirklichkeit. Ich stehe also aufrecht auf dem Grund, ich sinke nicht so tief, Herr General, dass ich meine Lügen *Erinnerungen* und *Heia, Safari* nenne.»

Selbst jetzt, als der General den alten Mann am Revers packte, ihn aus dem Sessel hob und zu sich hinzog, blieb sein Gesicht ausdruckslos und seine Stimme leise. «Welche Lügen?», fragte er.

Ohne das geringste Anzeichen von Furcht stützte sich Joseph K. auf den Tisch, um in dem eisernen Griff, in dem er hing, Luft zu kriegen. «Das eigentliche Fundament Ihrer ... Schriften, Herr Oberfeldmarschall, ist ja nicht die bescheidene und ... deutsch gründliche Darstellung, wie Sie kraft Ihres Glaubens Reiche besiegt, Gerechtigkeit geübt, dem Löwen den Rachen gestopft, die Macht des Feuers gebrochen haben und der Spitze des Schwertes entflohen und zum Kriegshelden geworden sind. Nein, die wichtigste Behauptung ist ja die, dass die Nigger uns lieben, dass sie sich stolz und froh und lustig trällernd mit uns und ihrer eigenen Rasse geschlagen haben und wie die Fliegen gestorben sind, um unseren und vor allem Deutschlands glorreichen Weltkrieg auszufechten, wo es doch in Wahrheit so war, dass sie vor einem deutschen Bajonett in den Krieg spazierten, den Kopf in einer Wolke aus Versprechungen und religiös vernebeltem Geschwafel. In der Geschichte von dem freiwilligen Kolonialkrieg der enthusiastischen Schwarzen haben Sie, Herr General, sich als größerer Lügner entlarvt als irgendein anderer von uns.»

Einen Moment lang fürchtete David, von Lettow-Vorbeck würde dem Alten das Genick brechen, denn nun spürte er hinter der äußerlichen Selbstbeherrschung des Soldaten eine blinde Wut. Doch der General starrte Joseph K. nur ins Gesicht. Dann ließ er den alten Mann los und ließ ihn in den Sessel zurückfallen.

«Eine militärische Maske», sagte von Lettow-Vorbeck, und jetzt vernahm David in seiner Stimme einen neuen Klang, einen Klang uralter Müdigkeit, «kann zuweilen notwendig sein, wenn man zu einer tieferen politischen Wahrheit vorstoßen will.»

«Und Ihre Uniform», fuhr Joseph K. triumphierend fort, «dieser imponierende ... Christbaumschmuck, Herr General, hier unter Nationen, die Deutschland den letzten Tritt versetzt haben, unter Nationen, die eine deutsche Uniform nur hinter Gittern dulden, ist die auch eine Art Maske? Ich finde, Sie sind unserem jungen Freund, unserem ... mathematischen Bählamm eine Art Erklärung dafür schuldig.»

Zuerst schien es, als würde von Lettow-Vorbeck nie antworten, als habe er sich voll Überdruss aus der Gesellschaft in einen inneren Schützengraben zurückgezogen. Dann sagte er langsam, als läse er aus einer vorbereiteten Verteidigungsrede: «Mehrere deutsche Banken haben ihre Interessen an dieser Eisenbahn. Und von belgischer Seite hat man mich um meine Anwesenheit ersucht. Man hat mir diplomatische Immunität verliehen, und die Uniform trage ich, weil ich dazu aufgefordert wurde. Somit sind alle Formalitäten eingehalten.»

Joseph K. blickte nahezu begeistert vor sich hin. «Phantastisch», sagte er, «clever, selbstverständlich, um die Aktionäre zu beruhigen. Die besänftigende Anwesenheit des alten Löwen.

Was macht es schon, dass er keine Soldaten, keine Machtbefugnisse, keine Zähne hat, wenn er nur da ist und brüllt und an all die abgeschlachteten Massai in Mara, die abgemurksten Gelben in China erinnern kann – Sie sind doch auch in China gewesen, nicht wahr, Herr General? –, an die Somali bei Daressalam, an all die Leichen in beruhigenden Farben. Auf die Aufrichtigkeit, meine Herren! Diener, mehr Champagner!»

Eine neue Flasche wurde hereingebracht, augenblicklich und lautlos, wie man es erwarten durfte. Nur David bemerkte, dass der Diener, der sie brachte, nicht derselbe war wie zuvor, dass er eine Uniform trug, die ihm viel, viel zu klein war, und dass er den Hals der Flasche nach unten hielt.

Der General öffnete den Champagner und schenkte ein. In dem Schweigen, das jetzt entstand, sah David das Mädchen an. Ihre Blicke begegneten sich, und er wusste, dass das Mädchen sie die ganze Zeit über betrachtet hatte. Ihn überkam das sonderbare Gefühl, dass sie, die nichts verstand, alles, was im Raum gesagt und getan worden war, in sich aufgesogen hatte und er in Wirklichkeit alles an sie gerichtet gesagt oder dabei zumindest an sie gedacht hatte, und zum ersten Mal in seinem Leben fiel David ein, dass er möglicherweise immer, auch wenn er zu anderen Männern oder in einem Hörsaal oder zu sich selbst oder in den leeren Raum hinein gesprochen hatte, mit einem Zipfel seines Bewusstseins eine unsichtbare Frau im Sinn gehabt hatte.

Die Stimmung im Wagen war feindselig, und dennoch herrschte in dieser Feindseligkeit ein eigentümliches Gefühl geteilter Bedingungen, als hätten diese drei Männer, auch über diese Reise hinaus, irgendetwas, noch Verborgenes, gemeinsam. Joseph K., der Schriftsteller, war es, der Worte für diese Vertrautheit fand.

«Wir sind», sagte er, «jetzt auf dem Weg, der Aufforderung Seiner Majestät nachzukommen, indem wir einen neuen und geklärten Zustand erreicht und damit bestätigt haben, was ich selbst schon vor einem Menschenalter ausgedrückt habe, dass nämlich diese Fahrt in das Herz der Finsternis auch eine Reise zum Licht sein kann. Jetzt ist nämlich offenbart worden, dass ich selbst kein unbekannter Journalist und glühender Anhänger der Wahrheit bin, sondern ein berühmter Schriftsteller und Spezialist für das … Redigierte. Und es hat sich gezeigt, dass von Lettow-Vorbeck kein unüberwindlicher Teutone ist, sondern ein Kriegsgefangener mit diplomatischer Immunität, eine Art militärische Zuckerpille für die Aktionäre. Und es hat sich gezeigt, dass unser junger David kein weißes Blatt Papier ist mit einigen algebraischen Schnörkeln in der oberen Ecke, sondern ein suchender junger Krieger, der den Goliath der Unwahrhaftigkeit nicht fürchtet, wenn er ihm begegnet.»

«Ich habe», sagte der General, so als sei auch er einen Augenblick lang freundlicher gestimmt, «eine Bekannte, die behauptet, die Wahrheit über einen Menschen erfahre man aus seiner Maske. Damit meint sie», fuhr er erklärend fort – und David sah ihn plötzlich vor sich, wie er vor einer Schlacht kurz und instruktiv seine Taktik darlegte –, «dass der Mensch durch die Wahl seiner Maske die Wahrheit über seine Strategie verrät.»

«Diese Bekannte», sagte Joseph K., «sollte ein Buch schreiben; denn sie hat mehr Recht, als sie selbst ahnt. Die Maske ist nämlich die äußerste Wahrheit. Nicht, weil sie etwas von dem verrät, was dahinter steckt, sondern eben weil nichts dahinter ist. Das gilt für das gesamte Dasein. Das gilt auch für Sie und mich. Und das gilt selbstverständlich auch für die Literatur. Ich habe», sagte er – und hier kam David mit intuitiver Plötzlichkeit, wie zuweilen die Lösung eines mathematischen Problems, der Gedanke, dass die tiefgründigste Wahrheit über ihren Gastgeber, der doch erzählt hatte, er ernähre sich als Illusionist, möglicherweise darin bestand, dass er keine Illusionen hatte –, «ich habe das selbst klar und präzise ausgedrückt, indem ich geschrieben habe, dass der Sinn einer Erzählung nie in der Erzählung steckt, sondern sozusagen immer außen, in ihrer Form. So ist die tiefste Wahrheit dieser Reise der Zug, die dreitausend Kilometer Gleise. Ihre tiefste Wahrheit, Herr General, sind Ihre Orden, und die tiefste Wahrheit unseres jungen David ist seine offenkundige Naivität.»

«Und Ihre, Herr Joseph K.», fragte David. «Was ist Ihre tiefste Wahrheit?»

«Meine tiefste Wahrheit ist ... mein Gesicht», antwortete der alte Mann. «Heutzutage muss sich ein Künstler auch durch sein persönliches Auftreten feilbieten, und es erscheint mir wie ein boshafter Streich des Schicksals, aber doch ein treffendes Symbol meines Daseins, dass ich jetzt, wo es mich siebenundsechzig Jahre harte Arbeit, unfassbare Ärgernisse und ... artistische Trinkerei gekostet hat, dieses Gesicht zu modellieren, diese ... interesseweckende und werbefähige Physiognomie, die auf dem Theater des Daseins bis in die letzten Reihen reicht, dass ich jetzt» – hier senkte sich seine Stimme zu einem Fauchen – «zu senil geworden bin, um mich an meine Repliken zu erinnern.»

«Es wundert mich», sagte David nachdenklich, «dass die Wahrheit, wenn sie außen sitzt, nur dadurch an den Tag kommt, dass man einander beleidigt oder einen Weltkrieg führt oder dreitausend Kilometer Eisenbahn baut. Ich meine, wenn sie außen sitzt, sollte sie unmittelbar zu beobachten sein.

Und es wundert mich auch, dass wir – oder jedenfalls Sie, meine Herren – heute Nacht gleichsam mehrere Masken übereinander getragen haben, während Afrika, das nach meinem Gefühl durch Ihr Dienstmädchen vertreten ist, kein Wort sagt und dennoch bleibt, wofür es sich die ganze Zeit über ausgegeben hat. Ich fange an zu glauben», sagte David und spürte, dass er eigentümlich ergriffen und seine Stimme belegt war, «dass dieser Kontinent, im Gegensatz zu Europa, nichts zu verbergen hat.»

Da erhob sich von Lettow-Vorbeck. «Meine Herren», sagte er, «ich bedaure, aber ich habe das Gefühl, in die falsche Gesellschaft geraten zu sein. Ich habe in meinem Leben zu viel gesehen und erlebt, um meine Zeit mit Pazifisten und ehrlosen Männern zu verschwenden. Ich werde meinen Aufenthaltsort verlegen. Ich sehe, dass ich den Mannschaftswagen nie hätte verlassen sollen.» Der General schlug die Hacken zusammen, verbeugte sich leicht, erst vor Joseph K. und dann vor David.

In diesem Augenblick rührte sich das Mädchen in der Ecke zum ersten Mal. Sie richtete sich auf, streckte die Füße von sich, und dann sagte sie: «Dieser Weg ist versperrt, General.»

Beim Klang des dunklen, fehlerlosen Englisch erstarrten die drei Männer zu völliger Regungslosigkeit. Für zwei von ihnen hatte es im Salon bis jetzt keine vierte Person gegeben, die Negerin war wie der Kamin oder die Gardinen oder die Gemälde oder vielleicht eher wie draußen das Dunkel gewesen. Jetzt materialisierte sie sich im Raum, und kein Geist aus dem dunklen Waldrand hätte überraschender kommen können.

«Die Türen», sagte sie, «wurden verschlossen. Der Verbindungssteg zum nächsten Wagen ist auch weg.» Als David einen Blick über die Schulter warf, fügte sie nachdenklich hinzu: «Die Diener sind ausgestiegen.»

Der General hatte das Mädchen, während sie sprach, konzentriert angestarrt. Auch jetzt sah er sie an, während er, als habe er kein Wort von dem Gesagten gehört, in die Luft hinein sagte: «Sie spricht Englisch.»

Joseph K. schüttelte langsam den Kopf, als wolle er etwas bestreiten oder als sei da etwas, was er nicht verstand.

Da richtete der General seine Autorität wie einen Scheinwerfer auf das Mädchen.

«Steh auf», sagte er zu ihr. Ohne dass er seine Stimme angehoben hatte, war sie nun voller Gefährlichkeit, «steh auf, wenn ein weißer Mann zu dir spricht. Wer bist du?» Jetzt sah das Mädchen nur den General an, dann lehnte sie sich mit einer Geste der Gemächlichkeit und des grenzenlosen Selbstbewusstseins langsam auf dem Stuhl zurück.

«Ich bin Lueni aus Uganda», sagte sie.

David war in diesem Augenblick froh, dass er saß, denn ein plötzlicher Schwindel brachte den Raum langsam zum Drehen, während er noch einmal seine Vision vom Vortag, eine ausgestreckte Leiche, vor sich sah und die Erinnerungen an die Schreckensberichte über diesen Namen auf ihn einstürmten, die er im Laufe seines Monats im Kongo gehört hatte.

«Lueni», sagte von Lettow-Vorbeck, «muss ein Mann sein.»

«Lueni», sagte das Mädchen, «das bin ich.»

Die drei Männer sahen sich nicht an, aber das war auch nicht nötig. Von dem Mädchen auf dem Stuhl in der Ecke ging eine Autorität aus, die über jeden Zweifel erhaben war und jede Frage überflüssig machte.

Da bewegte sich von Lettow-Vorbeck, und wie die großen Katzen griff er lautlos an. In einer langen, geschmeidigen Bewegung näherte er sich der Afrikanerin. Er hatte seine Hände erhoben, sie waren gespannt und weiß, und in diesem Bruchteil einer Sekunde erkannte David hinter dem Alter und den militärischen Ehrenzeichen blitzartig die überrumpelnde Schnelligkeit der preußischen Kampfmaschine.

Doch das Mädchen war schneller. Sie änderte ihre Stellung nicht, aber im Raum war ein blanker Reflex, und in ihren ausgestreckten Händen richtete sich ein stumpfer Revolver auf den Nasenrücken des Generals.

«Auch der hier», sagte sie, «hat nur ein Auge – aber einen scharfen Blick.»

Von Lettow-Vorbeck hatte die Afrikaner nie verstanden, den Tod aber konnte er mit Sicherheit identifizieren. Nun ging er, ohne sie aus dem Auge zu lassen, rückwärts und ließ sich in den Sessel fallen, und in dieser Bewegung lag seine ganze persönliche Furchtlosigkeit und seine Fähigkeit, die Niederlage hinauszuschieben.

«Wir brauchen nicht so lange zu warten», sagte das Mädchen. «In Kürze sind wir auf dem Gipfel und beginnen den Abstieg. Dort führt das Gleis über eine hohe Brücke über einem tiefen, schmalen Tal. Ihr sucht ja nach der Wahrheit. Die könnt ihr an dieser Brücke finden, jedenfalls die Wahrheit des nächsten Lebens, denn wir haben den größten Teil der Brückenversteifung weggenommen.»

Einen Augenblick lang versuchte David, sich die vor ihnen liegende Brücke vorzustellen, die gelösten Bolzen, den langsam um die eigene Achse kreisenden Sturz und den Aufprall. Dann blickte er seinen Mitreisenden ins Gesicht und sah viele verschiedene Gefühle: Erstaunen, Zorn, Entschlossenheit und Ironie, aber keine Furcht. Was immer sie empfinden mögen, dachte er, Angst haben sie überhaupt nicht, und im selben Moment verspürte er selbst einen merkwürdigen, widernatürlichen Trost und eine neue Wärme, als sei das Kaminfeuer erneut aufgeflackert. Ruhig und wohl überlegt füllte von Lettow-Vorbeck die drei Gläser auf dem Tisch. Joseph K. zog aus seiner Westentasche einen Kneifer, putzte ihn und setzte ihn auf. Das Mädchen senkte den Revolver und ließ ihn auf ihrem Schoß ruhen.

«Auf das Glück», sagte Joseph K., «das Glück, das uns noch nicht im Stich gelassen hat», und sie hoben ernst das Glas. «*Fortuna*», sagte Joseph K. und nahm damit seine Rolle als Gastgeber wieder auf, «*morituri te salutant.*» Sie sahen sich mit einem neuen Ernst an, der in unerklärlicher Weise auch die Afrikanerin und ihren Revolver einschloss, und mit einem Mal begriff David, woher dieses Gemeinschaftsgefühl kam. «Das ist», so dachte er, «die Intimität der Todgeweihten, das ist die wahnwitzige bürgerliche Höflichkeit, die so groß ist, dass sie auch die Henkerin und ihre Opfer einschließt und dauern wird, bis dass der Tod sie scheidet. Diese drei wahnsinnigen Menschen sind außerdem mit dem Tod so vertraut, dass sie sich jetzt, wo er sich als fünfter, blinder Passagier zu erkennen gegeben hat, geradezu in guter Gesellschaft fühlen», und nur mit Mühe unterdrückte er das Bedürfnis zu schreien.

Jetzt musterte Joseph K. ihn durch den Kneifer, beugte sich vor und sagte freundlich: «Ich glaube, mein Junge, Sie haben die Möglichkeit, noch einen weiteren Schritt über die Schattenlinie zu tun, die die Jugend vom wirklichen Leben trennt. Ich meine, jetzt wird Ihnen vielleicht deutlich, worauf ich hinauswill, wenn ich davon rede, dass man auf dem Grund steht und weiß, dass man nicht tiefer sinken kann.»

«Sinken vielleicht nicht», sagte der General zornig, «aber doch zweihundert Fuß fallen.»

«Wenn mein ehemaliges Housegirl von dem Tal spricht, an das ich denke», sagte Joseph K. freundlich, «dann handelt es sich eher um siebenhundert Fuß.»

«Die sind», dachte David, «völlig wahnsinnig», doch seine wissenschaftliche Schulung verpflichtete ihn dennoch zu einer korrigierenden Anmerkung. «Die fünfhundert Fuß Differenz machen keinen Unterschied, meine Herren», sagte er, «zweihundert Fuß reichen aus, der fallende Zug kann dabei fast die maximale Fallgeschwindigkeit erreichen.»

Einen Augenblick war es still, und in diesem Moment empfand David, die minimale Fortsetzung seines jungen Lebens sei das dem Zug noch verbleibende kurze, kalte Stück Eisenbahngleis.

Da hob Joseph K. die Arme, als rufe er eine große Versammlung zur Ordnung. «Meine Herren, die Ereignisse der letzten Minuten haben mich einen Augenblick lang meine Konduite verlieren lassen. Aber jetzt fühle ich mich restituiert, und indem ich Sie daran erinnere, dass es jetzt mit der Aufrichtigkeit mehr als je zuvor eilt, da wir» – er zog eine goldene Uhr aus der Westentasche –, «da wir, wenn ich denn an das richtige Tal denke, bis zum … Augenblick der Wahrheit kaum mehr als eine Dreiviertelstunde haben, möchte ich Sie, Herr David, da wir von Ihnen nur wissen, dass Sie ein glattes Gesicht und einen … schnell geweckten Gerechtigkeitssinn haben, bitten zu erzählen, wer Sie sind.»

Ungläubig sah David seine Mitreisenden an, aber es war deutlich, dass ihre Ruhe nicht gespielt, sondern aufrichtig war. Da schüttelte er den Kopf. «Ich fürchte», sagte er, «dass ich nicht konsistent denken kann, weil ich weiß, was uns erwartet. Ich meine, wir sollten die Zeit dazu benutzen, einen Ausweg zu finden, beispielsweise abzuspringen.» Er sah den General herausfordernd an.

Doch von Lettow-Vorbeck wandte verächtlich den Kopf ab. «Erstens könnten wir», sagte er, «einen Sprung in diesem Gelände und bei dieser Geschwindigkeit nicht überleben. Zweitens hätte Herrn Korzeniowskis Negerin uns wie Hunde abgeknallt, bevor wir auch nur ein Fenster aufgekriegt hätten, und drittens würde ich mich nicht der Demütigung aussetzen, vor einer Mohrin flüchten zu wollen.»

«Hören Sie auf die Sachkenntnis», sagte Joseph K. freundlich, «und lassen Sie uns die letzte Zeit dazu nutzen, wirklich auf … den Knien zu leben. Sehen Sie den General und mich an, Herr David, vielleicht können Sie daraus etwas Stärke gewinnen.»

David blickte den Sprechenden an und sah mit tiefer Verzweiflung, dass der Schriftsteller etwas Manisches hatte, wie ein Mensch, der sein ganzes Leben hindurch gedemütigt worden ist, nun aber alle Rücksichten über Bord geworfen hat und in den Tiefen seines Gemüts zu einer befreienden Unverschämtheit vorgestoßen ist.

«Der General», sagte Joseph K. heiter, «hat sein ganzes Leben am Tor zur Hölle gelebt, und mit meinem Alter und meiner Gesundheit habe ich jeden neuen Tag, an dem ich aufwachte und mich lebendig fand, mit Überraschung aufgenommen. Denken Sie an den General und an mich, junger Freund, oder an etwas ebenso Unvergängliches. Die Mathematik zum Beispiel.»

David blickte hoffnungslos vor sich hin. «Tatsächlich», sagte er, «habe ich, immer wenn ich in meinem Leben wirklich Angst hatte, einen besonders schönen mathematischen Beweis durchgelesen, und das hat mich in der Regel getröstet. Es sah für mich so aus, als läge die Essenz des Daseins in der Logik, ja, als würde man, wenn man nach einem dem Universum zugrunde liegenden Schöpferplan suchte, ihn eher in der Arithmetik als in der Bibel finden.»

Er spürte, wie seine Mitreisenden ihn interessiert betrachteten, und unter dem Druck des Bewusstseins, dass sein Leben nur noch nach Minuten zählte, hörte er seine sich verhaspelnde Stimme weiterreden. «Trotzdem bin ich hier, weil ich die Mathematik aufgegeben habe», sagte er. «Ich habe sie aufgegeben, weil ich einen Traum hatte. Ich habe darüber nachgedacht, was Sie gesagt haben, Herr Joseph K., dass wir allein leben und träumen, und ich glaube, dass das falsch ist. Verstehen Sie, den Traum, den ich hatte, den teilte ich mit einer ganzen Welt. Es war der Traum von der großen Einfachheit. Irgendwie habe ich das Gefühl, dass es verkehrt ist, Ihnen jetzt davon zu erzählen, aber ich will es dennoch tun. Wir träumten, die Welt sei vollständig zusammenhängend und einfach. Wenn wir hofften, dass es so sein möge, hatte das etwas damit zu tun, dass» – David suchte nach den Worten – «die Mathematik allmählich dem Schiefen Turm von Pisa glich. Eine enorme Konstruktion, die sich langsam neigt, und man weiß nicht, was man tun soll. Aber man hofft ja.»

Er blickte unglücklich vor sich hin. «Es ist ja

nicht nur die Mathematik, es ist auch die Naturwissenschaft. Namen wie Boole, Hilbert, Maxwell und Planck, Namen, die Ihnen nichts sagen, aber sie haben allesamt an der Konstruktion weitergebaut. Sie wächst empor und neigt sich immer mehr. Vielleicht ist es auch nicht nur die Wissenschaft, sondern die ganze Welt. Denken Sie nur an den Krieg. Vielleicht ist also der Turm von Pisa kein gutes Bild, das Ganze ist eher wie Venedig, das Ganze sinkt. Und da erschaffen wir einen Traum, den Traum, in die Verwirrung einen Zusammenhang zu bringen, eine zusammenhängende Theorie, damit wir die Talfahrt in den Morast aufhalten können. Niemand wagt es wohl geradeheraus zu sagen, aber wir wissen es allesamt: Es ist ein Wunsch wie der Turm von Babel. Der Wunsch, Gott zu erreichen.»

David wiegte sich verzweifelt hin und her, vor den Mitreisenden löste sich die Glätte seines Gesichts auf, sie sahen einen Menschen vor sich, der die kenternde Bewegung seiner Kultur in sich aufgenommen hatte und nun in seiner eigenen Verzweiflung die sinkende Bewegung nachzuvollziehen schien.

«Wir haben geglaubt», fuhr er fort, «die Neurologen und Psychiater würden zeigen, dass auch die Seele des Menschen Biologie ist. Die Biologen und Physiker sollten diese Biologie auf Chemie und Physik reduzieren, und die Mathematik sollte die Chemie und die Physik auf die Arithmetik vereinfachen. Diese Mathematik wiederum wollten wir dann selbst auf ein logisches Kalkül reduzieren.

«Der Mensch», sagte David, und in seiner Stimme schwang einen Augenblick lang das unerschütterliche Selbstvertrauen der europäischen Naturwissenschaft, «sollte sich erschöpfend aus wenigen Zeichen und deren Kombinationsregeln erklären lassen.»

Jetzt beugte sich Joseph K. über den Tisch, und zum ersten Mal in dieser Nacht hatte der alte Mann sich selbst vergessen. «Genau das», sagte er schwärmerisch, «genau das habe ich immer gewusst. Das ist es, was ich in meinen Büchern vorhergesagt habe. Und es wird in Erfüllung gehen. Dem visionären Dichter ist das klar. Der Mensch hat etwas ... Vorhersehbares. Wenn man seinen Hintergrund aufdeckt, seine … dunklen Triebe, wenn man seine innere Schattenlandschaft kartiert, dann tritt alles zuletzt so unendlich einfach zutage.»

Er erhob sich mit einem Ruck, wie von einer heftigen inneren Bewegung aus dem Sessel getrieben, und begann im Raum hin und her zu hinken. «Als Junge habe ich mir Landkarten angeschaut, ich war … von Landkarten besessen, am meisten jedoch von den weißen Gebieten. Das sind die Orte, die man nicht kennt, das sind die dunklen Stellen im Universum, von denen eine … animalische Anziehung ausstrahlt. Deshalb ging ich zur See. Ich musste dorthin. Man reist und reist, in Asien, in Südamerika, den Kongo hinauf, und es ist … es ist … eine Reise in das eigene Innere, es ist eine gigantische Kartierung, man ist ein … psychischer Landvermesser. Es taucht eine Landschaft auf, erschreckend und dunkel, es braucht, es braucht … schon Mumm, sie zu betreten, und man versteht etwas, irgendetwas. Und es kommt ein Tag, an dem man alles gesehen hat, an dem man im Universum an eine Mauer stößt, weiter kommt man nicht, es gibt nichts Neues, die Karte hat keine leeren Flecken mehr. Aber noch immer ist da etwas, was man nicht versteht, im Inneren des Menschen gibt es immer noch weiße Flecken, und man …» Hier blieb er stecken und starrte mit tränenden Augen, die nichts sahen, durch den Kneifer vor sich hin. «Hier muss dann», sagte er, als er seine Stimme wieder unter Kontrolle hatte, «die Wissenschaft einspringen. Wenn wir Künstler und Entdeckungsreisenden dem Publikum gezeigt haben, was es zu sehen gibt, dann muss die Wissenschaft beweisen, dass die letzten weißen Flecken, die Schuld und die Religion und die Moral und … die Liebe, ein – wie hieß das noch gleich …?»

«Logisches Kalkül», sagte David.

«Richtig, ja, ein logisches Kalkül sind – dass wir alle, Sie, Herr General, und ich und dieser junge Mann, in Wirklichkeit eins sind.»

«Ich verspüre», sagte der General, seine Stimme war eiskalt, und einen Moment lang hatte er das Mädchen vergessen, als sei diese Frage wichtiger als die Frage von Leben und Tod, «keine Verwandtschaft mit Ihnen, sei sie nun chemischer oder anderer Art. Ich habe heute Nacht begriffen, dass Sie ein von rassenfremder Unverschämtheit getriebener ehrloser Zivilist und Feigling sind!»

Einen Augenblick lang stand Joseph K. verblüfft blinzelnd vor der ersten verbalen Breitseite dieses selbstbeherrschten Soldaten. Dann zog ein überaus entgegenkommendes Lächeln seinen Schnurrbart zitternd nach oben. «Oh», sagte er, «Sie machen mich neugierig. Von welchen edlen und komplizierten Motiven wird denn dann der Sohn des Vaterlandes getrieben?»

«Bis zu meinem Tod», sagte der General, und seine Antwort kam ohne Zögern, «werde ich in allem, was ich tue, dem germanischen Brudergeist dienen, wie ihn unser großer Goethe zum Ausdruck gebracht hat, wenn er sagt:

Nimmer sich beugen,
Kräftig sich zeigen,
Rufet die Arme
Der Götter herbei.»

«Was die Zeit bis zu Ihrem Tod betrifft», sagte Joseph K. nachdenklich, «dürfte die ja wohl abzusehen sein. Was Goethe angeht, so haben Sie mich mit Ihren literarischen Kenntnissen nochmals überrascht. Was jedoch Ihre und meine Gemeinschaft angeht, Herr General, so führt daran kein Weg vorbei.» Hier stützte er sich auf dem Tisch ab und beugte sich zu dem Gesicht des Soldaten hinunter. «In ein paar Jahren hat uns unser kleiner Freund hier in einem ... logischen Kalkül erfasst. In ein paar Jahren wird eine junge Ordonnanz die Hacken zusammenschlagen und in einem schmutzigen preußischen Militärlager einige Bogen Papier mit ein paar Zeichen und deren Kombinationsregeln über die Schranke reichen und sagen: ‹Das ist – in allen Einzelheiten – General Paul von Lettow-Vorbeck!›»

«Ich meine mich zu entsinnen», sagte der General ruhig, «dass Sie zuvor gesagt haben, Sie hätten Ihr ganzes Wesen in einem Buch über eine Reise ins innerste Afrika konzentriert. Da das nun einmal so ist, geschieht es also täglich, dass in englischen Buchhandlungen einige Bogen Papier mit ein paar Zeichen und deren Kombinationsregeln über den Ladentisch gereicht werden, von denen es heißt: ‹Das ist – in allen Einzelheiten – der große Schriftsteller Joseph K.›»

Zum ersten Mal auf der Reise schien der alte Mann sprachlos zu sein. In der Pause, die dadurch entstand, räusperte sich David.

«Leider», sagte er, «lässt sich das wohl kaum machen.» Er merkte, dass alle ihn ansahen, er sah seinerseits in die Runde, sein Blick begegnete dem des Mädchens und blieb dort hängen.

«In Wien», fuhr er langsam fort, «bin ich einem Menschen begegnet, der sehr klar sieht. Er arbeitet an einem mathematischen Beweis. Durch ihn meinte ich meinen Traum zertrümmert zu sehen. Er ist natürlich nicht der Einzige. Wie ich schon sagte, an gewissen Anzeichen ließ sich bereits erkennen, worauf das Ganze hinauslaufen würde. Aber er zeigte mir Venedig, er zeigte mir, dass der Fehler bereits im Fundament steckt. Er hat gezeigt, nein, er wird zeigen, dass es, wenn man es mit Zusammengesetztem zu tun hat, und wir Menschen sind ja zusammengesetzt» – hier spürte er, dass er, den Blick des Mädchens noch immer in dem seinen, errötete –, «dass es im Zusammengesetzten Größen gibt, die sich nicht aus den Voraussetzungen ableiten lassen. Das bedeutet vielleicht, auch wenn wir den Ausgangspunkt dieser Reise in allen Einzelheiten gekannt hätten, so hätten wir uns dennoch nicht gegen das Unvorhersehbare wappnen können.

Der Beweis deutet auch darauf hin», fuhr er fort, «dass wir, selbst wenn wir uns unseren Ausgangspunkt ganz klar gemacht haben, nicht sicher sein können, dass später Widersprüche zu vermeiden sind. Das Leben ist ja», sagte er und musste den Blick senken, «voller widerstreitender Gefühle.»

Dann hob er wieder den Kopf. «Schließlich wird man nachweisen», sagte er, «dass es – im Gegensatz zu unserer Überzeugung – nie möglich sein wird, die Form einer logischen Beweisführung im Voraus zu bestimmen. Jedenfalls nicht in der Mathematik und vielleicht auch sonst nirgendwo im Dasein. Wir können» – hier begann er nach Worten zu suchen – «in der Mathematik die ... Erfindungsgabe und ... das Gefühl nicht entbehren.»

Einen Augenblick lang saß er schweigend da. «Bis heute Nacht», sagte er dann, «fand ich es schrecklich, dass es im Dasein nichts, aber auch gar nichts gibt, das nicht von Anfang an mit Unsicherheit behaftet ist. Aber nun glaube ich, jetzt glaube ich, dass es vielleicht doch nicht so viel ausmacht, dass man vielleicht trotzdem arbeiten könnte. Und jetzt ist es zu spät ...»

Joseph K. schenkte mit Mühe und beiden Händen die Gläser voll, als wolle er auf das, was zu spät war, anstoßen.

«Es ist aber trotzdem sonderbar», sagte David langsam, «dass in dieser Nacht wir Europäer auf Abwegen sind. Wir alle haben unsere Heimat verlassen. Sie, Herr Joseph K., sind weg von Ihrer Schriftstellertätigkeit, der General von seinen Soldaten und ich von der Mathematik. Wir sind sozusagen auf dem falschen Gleis. Sie dagegen, Fräulein, Sie» – David suchte nach einer vernünftigen Formulierung – «sind gleichsam an Ihrem Platz.»

«Dummkopf», sagte das Mädchen fast freundlich, «ich bin viertausend Kilometer von zu Hause weg.»

«Aber vielleicht gerade nur im Augenblick», schlug David vor.

«Ich habe meine Ausbildung in England erhalten», sagte das Mädchen. «In meinem Stamm haben wir ein Sprichwort, das heißt so: Wer wie ein *otoyo*, eine Hyäne, träumen will, muss Leichen fressen lernen.» David sah sie verständnislos an. Sie beugte sich vor. «Die europäischen Sprachen», sagte sie, «sind gut für große Zahlen. Im Englischen beispielsweise kann man die siebentausend Sklaven, die diese Eisenbahn gebaut haben, leicht zählen.»

«Die Sklaverei», sagte von Lettow-Vorbeck, «ist aufgehoben.»

Das Mädchen betrachtete ihn nachdenklich. «Wir haben ein Sprichwort, das heißt: *Omuga*, das Nashorn, läuft schneller, als es denkt. Deshalb kann man in der Savanne kleinen Windstößen begegnen, das sind die kleinen Gedanken, denen das große Tier davongelaufen ist. Für den Eisenbahnbau haben die belgischen Truppen viertausend Afrikaner von der Goldküste und aus Angola geholt. Einige kamen wegen eines ganz winzigen Lohns. Doch die meisten kamen, weil man zu einem Gewehrlauf nur schwer nein sagen kann. Sie arbeiteten unter bewaffneter Aufsicht, unter der Peitsche und mit einem schmiedeeisernen Ring um den Hals, damit man sie erkennen konnte, wenn sie flüchteten. Wir müssen die Zahlen noch vervollständigen: Die letzten dreitausend waren Strafgefangene aus Europa, meist aus Portugal. Von den siebentausend Arbeitern starben fünftausend an Misshandlung, Schwarzwasserfieber, Schlafkrankheit und Überanstrengung. In meinem Stamm sagen wir, dass die Eisenbahnen durch Afrika nicht auf Schienen fahren. Sie fahren auf den Knochen der Afrikaner. Haben Sie dafür ein anderes Wort als Sklaverei, Herr General?»

In diesem Augenblick ging ein Ruck durch den Zug, mit kreischenden Bremsen legte sich die Lokomotive in eine scharfe Kurve. Da richtete sich das Mädchen auf. «Es ist so weit», sagte sie, erhob sich und ging, ohne sie eines Blickes zu würdigen, durch den Wagen und zur Tür hinaus. Mit einem Gefühl leichter Übelkeit sackte David zusammen. Das Mädchen war das Kraftzentrum gewesen, das sie alle bis zum Zittern gespannt und aufmerksam gehalten hatte; sobald sie verschwunden war, sackten sie in sich zusammen.

Danach verlagerte sich der Schwerpunkt des Raumes, denn Joseph K. zog aus seiner Jackentasche eine flache, matte Pistole. «Meine Herren», sagte er, «in fünf Minuten bremst der Zug in der äußerst scharfen dritten Kurve. Dort springen wir ab.»

David verfolgte, wie das Gesicht des Generals beim Anblick der Waffe zu einer Maske misstrauischer Ungläubigkeit erstarrte, die zeigte, dass er in dieser Nacht die Grenze seiner Auffassungsgabe erreicht hatte und von jetzt an allem mit dem tiefsten Misstrauen begegnen würde.

«Ich habe, Herr General», sagte Joseph K. freundlich, «noch eine Maske: die des Geschäftsmannes. In einem der Güterwaggons, die vor uns herrollen, befinden sich etliche Kisten, die meinen Stempel tragen. Darin liegt eine Partie ausgezeichneter Webleygewehre, die ich der jungen Dame hier verkauft habe. Ich habe mir aus meiner Zeit auf See einen Geschmack für … einträglichere Geschäfte als die Schriftstellerei erhalten.»

«Sie sind also», sagte der General, «aufseiten der Neger?»

«Ich bin», antwortete Joseph K., «auf meiner eigenen Seite, Herr General, und das ist, glaube ich, in diesem Jahrhundert die einzige Seite, auf der man überhaupt sein kann.»

«Mir fehlen die Worte», sagte der General.

«Das glaube ich gerne», erwiderte Joseph K. «Der germanische Brudergeist hat ja keine lange Geschichte zu erzählen. Aber ich», sagte er, zog seine Taschenuhr heraus und betrachtete sie einen Augenblick, «ich habe noch eine letzte Geschichte zu berichten, bevor wir springen. Es gehört sich wohl auch so, dass der Schriftsteller das letzte Wort hat.»

Erst jetzt, so kurz vor dem Ende, verstand David den alten Mann. Er begriff, dass Joseph K. sein ganzes Leben über unter einer nie gelockerten Selbstbeherrschung gelebt hatte, zugleich aber in ihm eine Lunte geschwelt haben musste. Jetzt, unmittelbar vor Abschluss seines Lebens, hatte diese zischende Glut die geheimen Pulverkammern seines Gemüts erreicht. Sie waren in dieser Nacht Zeugen des Schwanengesangs des großen Schriftstellers gewesen, und dieser Schwanengesang musste sich in seinem Fall in einer langen Reihe von Detonationen äußern.

«In Daressalam», sagte Joseph K., «in der Biashara Street, liegt ein kleines Geschäft. Es wird von einem Inder geleitet, der einmal unmäßig fett war, mit den Jahren aber die Bürden des Lebens abgelegt hat und zu der Zeit, in der die Geschichte spielt, bereits mager war. Dieses Geschäft ist vielleicht der einzige Ort auf dem afrikanischen Kontinent, wo wirklich echte Ware zu haben ist: die Kentestoffe des Ashantistamms aus schwerer Seide und mit Motiven, deren Sinn vor zweihundert Jahren verloren gegangen ist, Bronzefiguren aus den verschwundenen Königreichen Zentralafrikas, Goldschmuck aus Sansibar.

An der Wand des Geschäfts hängt auch die allergrößte Seltenheit: eine grüne Tanzmaske des Macondestamms, ein grobes und geschwungenes Gesicht, das in seiner Unbeweglichkeit un-

unterbrochen den Ausdruck zu wechseln scheint.

Eines Tages, ein paar Jahre vor dem Krieg, kam ein Offizier in das Geschäft. Es handelte sich dabei, Herr General, um einen Ihrer Kollegen. Als er die Maske sah, wollte er sie kaufen. Als er erfuhr, dass ihr Träger beim Tanz von der Maske besessen wird und diese von der Zukunft erzählt, verlangte er sie, wie das ein deutscher Offizier in Daressalam vor dem Krieg nun mal tun konnte. Daraufhin erzählte ihm der Inder, dass man die Masken des Macondevolkes niemals kaufen oder verkaufen darf.

Da setzte der Offizier die Maske auf, machte in seinen Reitstiefeln ein paar Tanzschritte und rief hinter dem geschnitzten Holz hervor: ‹Wohin führt das, wenn ich dich kaufe?› Und da antwortete eine Stimme: ‹Zum Teufel.›

Da packte den Offizier der Furor teutonicus. Mit dem Dienstrevolver in der Hand zwang er den Inder, ihm die Maske zu verkaufen, damit er zeigen konnte, dass sie ungefährlich war. Denn die europäische Rasse, und vielleicht besonders die germanische, hat überall, wo sie auf den primitiven afrikanischen Gedanken stieß, dass Maske und Träger eins sind, ihren Revolver entsichert.

Kurz darauf machte der Offizier eine Dienstreise nach Arusha und weiter nach Bismarcksburg und an den Tanganjikasee, und überall, wo er hinkam, tanzte er mit der Maske vor den weißen Offizieren, die sich amüsierten, und vor den schwarzen Soldaten und Eingeborenen, die sich nicht amüsierten, aber die Maske sprach nicht mehr, und ihr Schweigen grub sich in das Fleisch des Offiziers wie der Augenwurm Loa-loa. Er begann zu trinken, und eines Tages, in Ngoro-ngoro, tanzte er sich in einen Krampf, aus dem er erst drei Monate später, bei seinem Tod, befreit wurde. Seine Sachen wurden in der Garnison von Bagamojo ausgelegt und verkauft oder verschenkt – ich kaufte ein Rasiermesser mit Schildpattschaft –, und niemand hatte Einwände, als der Inder die Maske abholte.

Am Tag danach war die Beisetzung. Es war Regenzeit, und als der Trauerzug mit der Urne durch die Biashara Street kommt, bleibt der Wagen in einem Schlammloch stecken. Die blaue Urne ist dabei genau vor dem Fenster des Geschäfts angelangt, die Maske und der Inder schauen sie an, und da sagt die Maske: ‹Zum Teufel.›»

Die Lokomotive stieß in diesem Moment einen langen Pfiff aus, mit einer Verbeugung bat ihr Gastgeber sie in die Garderobe hinaus. Mit einem Tritt öffnete er die Wagentür, die Bergluft schlug ihnen kühl und klar entgegen. Der Himmel war milchig weiß von Sternen, vor ihnen wand sich der Zug wie ein langer, leuchtender Wurm auf die Kurve zu.

«Springen Sie, Gentlemen», sagte Joseph K. und wedelte überredend mit seiner Waffe, «springen Sie, und lassen Sie uns sehen, ob Afrika uns einäschern oder vergolden wird.»

Etwas später standen sich die vier Menschen so gegenüber wie einst auf dem Bahnsteig. Oben am Gleis wartete schweigend eine Gruppe Afrikaner. Weit fort, als Reihe leuchtender Punkte und ferner Lärm war der Zug, auf Kollisionskurs, unterwegs in das Herz der Finsternis.

Mit einem Grasbüschel versuchte der General, den Staub von seiner Uniform zu bürsten.

«Ich erwarte, dass Sie mir ein paar Minuten Zeit geben, damit ich soigniert sterben kann», sagte er.

Joseph K. sah ihn wohlwollend an. «Sie werden nicht sterben, Herr General», sagte er. «Sie sind frei und können die Heimreise antreten.» Er zeigte auf die Eisenbahnstrecke. «Ich bin überzeugt, dass Sie, wenn Sie die zweihundert Kilometer zu Seiner Majestät zurückspaziert sind, in dem Ausdruck ‹auf den Knien leben› einen neuen Sinn sehen werden.»

Der Schriftsteller steckte seine Waffe in die Jackentasche, drehte sich um und ging zu den wartenden Afrikanern hinauf. Er hinkte, und David begriff plötzlich, dass dieser Mann wahrhaftig jede Verlängerung seines Lebens mit Überraschung begrüßen musste.

Einen Augenblick später drehte sich der General um und machte sich mit elastischen Schritten auf, am Gleis entlang, zurück in die Richtung, aus der sie gekommen waren.

Zum ersten Mal waren David und das Mädchen allein. Eine Weile sahen sie sich aufmerksam an. Dann sagte das Mädchen: «In meiner Sprache bedeutet mein Name Krieg.»

David nickte. «Die Europäer», sagte er, und ohne es zu merken, sprach er, als sei er keine Teilmenge dieser Klasse mehr, «die Europäer sind Experten der Kriegführung.»

«Wir haben», sagte das Mädchen, «in meinem Stamm ein Sprichwort, das heißt: Das Quaken der kleinen Frösche hindert das Vieh nicht daran, seinen Durst zu stillen.» Danach gab sie David mit einer knappen Bewegung die Hand, drehte sich um und ging zu denen hinauf, die sie erwarteten.

David sah ihr nicht nach. Er setzte sich und begrub den Kopf in den Händen. Über ihm überschritt die Waage den Zenit der Nacht und fiel zum Horizont hin. Die europäische Gerechtigkeit über dem tropischen Afrika.

Spiegelbild eines jungen Mannes im Gleichgewicht

Die Tatsache, dass ich in einer Welt lebe, die so schnell redet, dass sie mit dem Hintern Luft holen muss, betrachte ich mit sanfter Gleichgültigkeit. Die Wörter beeindrucken mich nicht mehr. Ich bin ein verlassenes Gebäude – sagen wir ruhig, ein aufgegebenes und vergessenes Observatorium. Durch meine zerbrochenen Scheiben weht die Welt, ohne Spuren zu hinterlassen.

Es bedeutet nichts mehr, ob man mir glaubt. Man kann dies lesen, wie man will. Als Geständnis, als Gebet, als kleine, kalte Fabel, als ein Wimmern. Ich selbst meine, dass ein Mensch der Wahrheit nicht näher kommen kann.

Ich schreibe dies, weil in meinem Leben etwas geschehen ist, das mich von allem, was man Gefühl nennt, vollständig befreit hat. Aus dem Universum, in dem ich mich befinde, dringen wohl nicht sehr viele Nachrichten durch. Wen ich habe verkünden hören, er habe sich nun ein für alle

Mal über alle Emotionen erhoben, war gewöhnlich drauf und dran, in der Gosse zu ersaufen. Oder er stieg gen Himmel, vor Selbstüberschätzung aufgedunsen wie eine Wasserleiche.

Ich kann nicht sagen, mein Leben sei untadelig gewesen. Doch seit jener Nacht – der Nacht zum 20. März 1929 – ist es durch und durch golden. Da ist es egal, wie tief man kratzt. Seit der Nacht ist mein Verhältnis zu Liebe, Begierde, Eifersucht und Einsamkeit anders als das anderer Menschen. Seit der Nacht bin ich frei.

Ich bekenne mich nur zu einem einzigen von dem, was die Welt Gefühle nennt. Einem leichten Zorn, den ich umhege, weil er mich wärmt. Ich habe ihn nie begriffen. Etwas sagt mir, dass ich ihn jetzt, heute Nacht, verstehen werde.

Ich ersinne Spiegel und stelle sie her. Das hat auch mein Vater getan und vor ihm dessen Vater. Ich bin Ingenieur geworden, das wurden sie nicht. Doch das ist das Verdienst der Entwicklung, nicht meines. Jedes Handwerk ist ein Bewusstseinszustand, das ist seine tiefste Wahrheit. Für diesen Zustand haben die Veränderungen, die sie Fortschritt nennen, keine Bedeutung. Die Substanz meiner Arbeit unterscheidet sich nicht von der meines Vaters und meines Großvaters.

Dass es sich so verhält, hat seine Ordnung. Wir können nichts sagen oder tun, was nicht bereits gesagt oder getan worden ist. Nicht nur, wenn wir sprechen, wiederholen wir uns selbst und andere. Auch unsere Handlungen sind Klischees.

Wenn es dennoch sinnvoll ist, mich einen Künstler zu nennen, dann nicht aufgrund dessen, was ich geleistet habe, sondern aufgrund dessen, was ich tun wollte.

Ich habe davon geträumt, einen Spiegel zu schaffen, der die Welt wiedergibt, wie sie wirklich ist. In gewisser Weise ist es dieser Traum, der mich rein gemacht hat.

Die Geschichte Europas kennt zwei Auffassungen des Spiegels: die Wahrheit und den Traum. Ovid schreibt, der Wasserspiegel sei von der Nemesis justiert worden und habe deshalb Narcissus einen Schatten gezeigt, den er irrtümlich für einen wirklichen Menschen gehalten habe.

Im Spiegel des ersten Korintherbriefes sah man stückweise, geteilt und unvollständig.

In den emblematischen Lexika des Mittelalters ist der Spiegel das Symbol der *vanitas,* der Eitelkeit, einer der sieben Todsünden.

Hans Christian Andersens und Lewis Carrolls Spiegel sind gefährlich, unverlässlich. Bei Offenbach stiehlt Dapertutto die Seele der Menschen, indem er ihr Spiegelbild stiehlt.

Diese Spiegel sind alle verlogen. Wie die, die wir selbst kennen. Wir wissen, dass wir uns in einem Spiegel nie so sehen, wie wir sind. Je nach unserem Gemütszustand sehen wir uns missverstanden und verlassen oder als jemanden, den das Universum liebt, oder als Tier unter einer dünnen Schicht Menschlichkeit. Nie aber sehen wir uns, wie wir wohl wirklich sind. Nämlich als aus allen diesen Teilwahrheiten zusammengesetzt. Immer ist der Spiegel für den Menschen ein Schirm, auf den er seine Sehnsucht nach Gleichgewicht projiziert.

Der andere Spiegel, den die Geschichte kennt, ist ein Traum. Es ist der furchtlose Spiegel bei Schneewittchen. Es ist Shakespeares Spiegel hinter Hamlets Worten an die Schauspieler, sie sollten «the mirror up to nature» halten. Dieser Traum war es, der das Mittelalter so viele seiner Textsammlungen *speculum* nennen ließ, womit man versicherte, dass sie erschöpfend und verlässlich seien. Im Orient ist es der Spiegel des historischen Buddha, Shakaymunis Spiegel, wie ihn der Dichter Asvaghosa zu Beginn des goldenen Zeitalters des Buddhismus beschreibt:

«In der zweiten Wache der Nacht empfing er den höchsten himmlischen Gesichtssinn (...) Damit betrachtete er die ganze Welt, die sich ihm wie in einem vollendeten Spiegel zeigte.»

Diese Spiegelbilder sind absolut verlässlich, weil sie unbestechlich sind. *Weil sie von dem, was sie spiegeln, unberührt bleiben.* Nach einem solchen Spiegel suchte ich. Jetzt, wo ich alles hinter mir gelassen habe, kann ich zugeben, dass mein Durst nach Wirklichkeit mit meinem Verhältnis zu Frauen zu tun hatte.

Ich wusste, dass es das Schlimmste auf der Welt ist, verlassen zu werden. Früher oder später werden wir alle verlassen. Deshalb übte ich mich jeden Tag in der Trennung. Ich ging von den Frauen in meinem Leben, um das Verlassen nicht zu verlernen. Jetzt kann ich es mir leisten einzuräumen, dass ich sie fürchtete. Die Frau ist das einzige Wesen der Welt, mit dem das Zusammensein ein einziger langer Abschied und ein Fortreisen ist. Mit jedem Tag, den ich sie kannte, wurden sie mir fremder.

Irgendwann begann ich zu fürchten, dass ich selbst einen Teil der Schuld an dieser Kette von Abreisen tragen könnte. Und da begann ich an den Spiegel zu denken. Ich wünschte ihn mir als einen neutralen Richter, als einen Fixpunkt und Wahrheitszeugen in der Nacht aus Passionen, in der sich die Kämpfe der Liebe zutragen.

Im Mai 1927 fragte man mich, ob ich das Spiegelteleskop für das neue nordische Observatorium oberhalb von Delsjö in der Nähe von Göteborg konstruieren wolle. Ich sagte ja.

Ich wusste, dass das Observatorium als Monument nordischer Versöhnlichkeit gedacht war. Damals fanden jeden Tag in ganz Europa Streiks statt. Wir wussten, dass eine Wirtschaftskrise bisher unbekannten Ausmaßes heraufzog. Ohne den Schatten eines Zweifels wartete ich auf den neuen Weltkrieg.

Das Observatorium war ein Versuch, die Angst zu dämpfen, indem man gemeinschaftlich zu den Sternen hinaufsah. Wie bei allen monumentalen, nationalen Illusionen war dieser Zweck – bei denen, die die Entscheidungen trafen – halb bewusst, halb unerkannt. Von Anfang an sah ich das Projekt, wie es war.

Man hat mich gefragt, weshalb ich mich denn trotzdem zur Verfügung gestellt hätte.

Was sollte ich sagen? Wir wissen so wenig, welcher Sache wir eigentlich dienen. Als Kepler 1604 in seinem «Zusatz zu Witelo» seine optischen Theorien veröffentlichte, meinte er damit die Existenz Gottes und die Beständigkeit seiner eigenen Zeit zu bestätigen. Die Geschichte hat gezeigt, dass er damit einen entscheidenden Schritt auf dem Weg machte, der die Welt, in der er schrieb, bis zur Unkenntlichkeit verändern sollte. – Fragte man trotzdem noch einmal, was einige auch getan haben, weshalb ich mich an einem politischen Betrug beteiligte, antwortete ich, schließlich müsse ich ja leben.

Denen, die dann noch einmal fragten, drohte ich eine Tracht Prügel an.

Das war vier Jahre bevor sie den Reflektor zum Palomarobservatorium bauten. Man meinte, dass es nie möglich sein würde, einen größeren Spiegel herzustellen als den Reflektor des «Leviathan», des vom Earl of Rosse gebauten Teleskops, mit seinem Durchmesser von 183 Zentimetern und einer Brennweite von 17 Metern. Noch diskutierte man, ob die Zukunft nicht eher den Linsenfernrohren gehöre.

Im Laufe des Sommers 1927 zogen wir die Arbeitshalle hoch. Im Winter den keramischen Ofen. Im folgenden Winter goss ich den Spiegel.

Ich will nicht von meiner Forschungsarbeit berichten, die dazu führte, dass ich mich für einen silberbeschichteten Glasspiegel entschied. Nicht von meiner Entwicklung homogener Glasarten. Nicht von meiner Silberbeschichtung. Auch nicht von dem Schlaf, den ich opferte, um zum ersten Mal in der Geschichte die Regel zu brechen, die uns seit zweihundert Jahren erzählt, die Lichtabsorption eines Spiegels könne nie geringer sein als fünfzig Prozent. Ich will Ihnen die Sterne zeigen, Sie nicht damit unterhalten, wie mühsam es ist, sie zu erreichen.

Ich unternahm neunzehn missglückte Versuche. Die letzte, gelungene Kühlung dauerte einunddreißig Tage. Ohne Stolz, ohne Zorn, ohne Reue kann ich sagen, dass noch niemand gesehen hat, was wir sahen, als wir den Ofen öffneten.

Es war ein perfekter Hohlspiegel, Teil einer Kugelfläche, deren imaginäres Zentrum 52 Meter entfernt lag. Seine Öffnung betrug sieben Meter im Durchmesser. Die Sprache ist arm. Ich habe keine Lust, noch weiter von diesem Anblick zu sprechen.

Da hörten wir zum ersten Mal von ihr. Ihr Ruf eilte ihr voraus, als sei sie die größte Hure der Welt oder der Welt größte Operndiva. Sie war Glasschleiferin.

Ich reiste los, um sie zu finden. Ich folgte den Wundern, die sie vollbracht hatte. Vor den friesischen Inseln sah ich auf dem Oberdeck des Schiffs eine goldene Scheibe, als hätte man den Vollmond auf das Deck heruntergeholt. Aber es war nicht der Mond, es war eine blendend weiße Lichtscheibe, die von einem zehn Seemeilen entfernten Leuchtturm stammte. Das Lichtbündel war nicht zerstreut worden. Sein Durchmesser betrug einen halben Meter, genau wie zu dem Zeitpunkt, als es die undenkbare, die unfassbare, die perfekte Linse verließ, um die es sich dabei gehandelt haben muss. Man erzählte sich, es sei ein Geschenk von ihr an den holländischen Staat gewesen.

In Wien besuchte ich die neue Orangerie. Für die ellipsoiden Wände hatte sie krumme Spiegel geschliffen, die das Rauminnere so wiedergaben, dass man die Besucher kaum zum Eintreten bewegen konnte, weil sie den hundert Quadratmeter großen Raum in einen unwegsamen und unendlichen Wald aus Apfelsinen- und Zitronenbäumen entgleiten sahen, in dem sie sich, davon waren sie überzeugt, verirren würden.

Ich fand sie nicht, immer war sie da, wo ich hinkam, gerade abgereist, denn so sind die Frauen. Zuletzt fuhr ich nach Göteborg zurück. Dort war sie dann.

Sie befahl allen außer mir, die Halle zu verlassen, dann arbeitete sie. Zuerst entkleidete sie sich. Ich versuchte ihr die sphärische Aberration, den Baufehler des Hohlspiegels, zu erklären. Ich weiß nicht, ob sie zuhörte. Ich weiß nicht, ob sie mich verstand. Sie war wohl einen Meter sechzig groß, halb Japanerin, halb Italienerin. Man sagte, ihre Vorfahren seien unter den Ersten gewesen, die vor dem Emigrationsverbot flohen, das im Mittelalter für die Glasschleifer von Venedig galt. Sie waren nach Osten geflüchtet.

Sie zog alles aus, außer einem langen Tuch, das sie um die Hüften gewunden hatte. Ihre Haut war weiß wie die Masse aus Bienenwachs und Stearin, aus der sie die Altarkerzen gießen. Um Füße und Hände hatte sie weiße Baumwolllappen gewickelt, auf die sie ein Gemisch aus zerstoßenem Magnesium und Diamantenstaub streute. Danach kletterte sie in den Spiegel und begann zu schleifen.

Für mich ist diese Zeit wie ein Abschnitt meines Lebens. In Wirklichkeit mögen es drei, vielleicht vier Tage gewesen sein. Das Dach über uns war aus Glas, und der Spiegel sammelte das Tageslicht. Auf dem pulverisierten Edelstein bewegte sie sich wie auf einem kalten, blauen Feuer. Sie rückte nur langsam vor, doch ihr Körper war immer von Schweiß bedeckt. In dem über dem Spiegel schwebenden Glasstaub hing ihre Reflexion wie umgekehrte, gewundene, dreidimensionale Bruchstücke von ihr.

Eines Nachts schliefen wir miteinander. Sie fragen, was sie dazu bewog? Ich habe keine Antwort. Ich kann nicht sagen, dass ich mich mag. Ich behandle mich mit Geduld, weil ich weiß, dass ich mit mir zusammenbleiben muss, bis dass der Tod uns scheidet. Aber ich habe nie geglaubt, dass andere mich lieben könnten. Ich habe nie gemeint, ich könne Frauen mehr bieten als meinen jungenhaften Charme, und auch an den glaube ich nicht mehr. Es mag wegen des Spiegels gewesen sein. Dann wurde sie jedenfalls enttäuscht. Der Künstler ist immer so viel armseliger als sein Werk.

Jedenfalls bedrückte sie mich. Als sie den Schliff beendet hatte, schickte ich sie weg.

Erst dann beschichtete ich den Spiegel mit Silber. Danach montierten wir das Teleskop und richteten es auf den Himmel. Wir machten eine

Reihe Fotografien. Wir sahen, was noch kein Mensch zuvor gesehen hatte. Wir sahen den ersten Quasar. Wir sahen den Planeten Pluto. Wir sahen einen Sternennebel, der sich aufzulösen schien und in der nächsten Nacht vom Himmel verschwunden war. Wir sahen einen unerklärlichen dunklen Körper, der uns alle überraschte. Die Astronomen meinten, es sei eine Himmelserscheinung, die Gold und Berühmtheit verheiße. Ich wusste, dass es sich um einen Fremdkörper auf dem Spiegel handeln musste. Am folgenden Tag untersuchte ich das Glas. Ichfand nichts. Auf den nächsten Aufnahmen hatte sich der Schatten verschoben und die Form geändert. Da legte ich ein feinmaschiges Quadratnetz über den Spiegel und lokalisierte mit Sicherheit die Stelle, an der das Staubkorn zu finden sein musste. Ich richtete ein Mikroskop auf das Glas. Ich sah nur die Lichtquelle meines Instruments. Mir begegnete nichts als mein eigenes Spiegelbild.

Da begriff ich, dass der Spiegel lebendig sein musste. Nachdenklich betrachtete ich meine Kollegen und sah, dass sie zufrieden waren, dass sie mich und sich zu dem guten Ergebnis beglückwünschten und sich auf die Einweihung freuten. Dass es sie nicht störte, die kleine wandernde Schattenamöbe aus ihrem Weltbild zu verdrängen.

Da reiste ich ihr nach. Kadmus muss im dritten Gesang der Metamorphosen einer Frau um die Welt nachreisen. Odysseus fährt wegen einer Frau hinaus und wegen einer anderen wieder heim. Und Tristan. Und Salomon.

Ich erwähne das, weil ich die Garantie der Geschichte dafür haben möchte, dass ich nicht der einzige Idiot bin, der bereit gewesen ist, einer Frau um die halbe Welt nachzureisen. Damals meinte ich, mich treibe die Ahnung, dass sie, die das tote Glas zum Leben erweckt hatte, *den* Spiegel haben müsse. Jetzt, wo mein Gemüt polierter Granit ist, kann ich mir erlauben zu sagen, dass ich sie auch vermisste.

Ich holte sie in Kopenhagen ein. Sie bereitete eine Ausstellung ihrer Spiegel und Linsen im Tivoli vor. In der Nacht kletterte ich über das schmiedeeiserne Gitter des Gartens.

Sie war allein.

«Du kommst, um *den* Spiegel zu sehen», sagte sie. «Es gibt ihn also?», fragte ich. «Ja», sagte sie, und dann erzählte sie mir davon.

«Wer in einen Spiegel blickt», sagte sie, «sieht, was er zu sehen wünscht oder fürchtet. Ich habe immer gewusst, wenn ich einen Spiegel schaffen würde, der die Wirklichkeit zeigt, würde der Spiegel selbst lebendig sein, ein Organismus, der die Stimmung des Betrachters spürt und ein um diese Stimmung korrigiertes Bild zeigt.»

Sie führte mich in eine Ecke. An der Wand stand ein mannshohes, mit einem gelben Tuch verhülltes Rechteck. Es hätte ein Gemälde sein können. Sie zog den Stoff weg. Erst glich er einem gewöhnlichen Spiegel. Dann sah ich, dass er in dem dunklen Raum ganz schwach leuchtete, von einem Licht, das von irgendwoher hinter der Spiegelfläche zu kommen schien. Ich sah nun auch, dass er nicht völlig in Ruhe war, dass er am Rand eine leichte, wallende, plasmatische Bewegung zeigte. Ich trat vor den Spiegel.

Ich sage es noch einmal: Niemand braucht zu

glauben, was ich jetzt erzähle. Ich kann es selbst nicht glauben. Nachts, wenn ich wach liege, denke ich, ob wohl mein Erinnerungsvermögen Schaden gelitten haben könnte. Diese Gedanken bringen mich nicht gerade zum Schlafen. Aber sie verleihen meiner Schlaflosigkeit eine Art Sinn.

Ich sah zuerst mein eigenes Spiegelbild, wie ich es kannte. Wie ich es zu kennen meinte. Aber mein Gesicht war verzerrt. Ich betastete meine Haut und fühlte, sie war ruhig. Ich begriff, dass der Spiegel zeigte, meine Selbstkontrolle war nur erzwungen. Um sich der Wahrheit zu nähern, zeigte er mir ein übertriebenes Bild meiner Unruhe.

Dann begann sich das Bild zu bewegen. Es wurde zu einer Reihe springender, schiefer Abbilder meiner selbst. Ich versuchte jedes einzelne zu erhaschen. Da erhöhte sich ihre Geschwindigkeit. Ich konzentrierte mich auf das Bild, das der Spiegel von meinem Äußeren vermittelte. Da verschwand ich von seiner Fläche, und stattdessen wirbelten an mir eine Reihe Tableaus vorbei, die ich als meine innersten

Wünsche und Phobien erkannte. Ich war Zeuge, wie der Spiegel die Wellen aus Bildern und Stimmungen zu kompensieren versuchte, die in diesem Augenblick durch mich hindurchglitten.

Ich hielt mir die Augen zu. Ich versuchte ruhig zu bleiben, um den Spiegel zu bremsen. Ich sagte mir, was immer er zeigte, ich würde es kühl und ruhig betrachten, denn ich würde wissen, es war die Wahrheit.

Als ich die Hände fortnahm, sah ich den Raum, in dem ich stand. Ich erkannte die breiten, rauen Bodendielen und die Wände mit ihrer Mischung aus Gold und rauchgeschwärztem Grau. Ich selbst aber war fort, der Raum war nicht mehr naturalistisch, stattdessen schraubte er sich spiralförmig in die Unendlichkeit.

Der Spiegel hatte meine Erwartung hinsichtlich der Wahrheit registriert. Um diese Projektion auszugleichen, zeigte er mir eine unleugbare Fehlerhaftigkeit.

Ich hatte immer gemeint, mein Charakter habe etwas Eselhaftes und Bäurisches, das meine Welt immer begrenzen, mich dafür aber auch vor dem Wahnsinn schützen würde. Nun spürte ich, dass auch dies Einbildung war. Dass ich hier an einem grausamen Spiel teilnahm, durch das jeder wahnsinnig werden könnte.

Ich nahm von der Wand einen normalen quadratischen Schminkspiegel und hielt ihn dem Spiegel vor, um ihn zu zwingen, die Wahrheit über sich selbst zu zeigen. Er antwortete, doch nicht mit mir, nicht mit dem Spiegel, den ich hielt, sondern indem er die Wand hinter mir zeigte, und nur sie allein.

Ich sah die Frau an, und in diesem Augenblick verriet der Spiegel, dass ich alles – sogar den Anblick des Spiegels – dafür hingegeben hätte, mein Gesicht an ihre lumineszierende Haut legen zu dürfen. Ich sah meine Liebe entlarvt, ich hasste meine eigene Abhängigkeit, und mir fiel ein, dass ich sie töten könnte. Zugleich mit meinen Gedanken lagen meine Hände im Spiegel um ihren Hals. Da trat ich einen Schritt vor, um sie auszulöschen, sie, die einzige Zeugin meiner Nacktheit, der Spiegel aber sah durch mich hindurch und zeigte mich auf den Knien vor ihr, flennend vor Feigheit.

Ich konnte nicht von dem Spiegel weggehen, drehte ihm aber den Rücken zu. Was ich gesehen hatte, hatte nichts mit der pedantischen, flachen Wirklichkeit des normalen Spiegelbildes zu tun. Es hatte eine tiefere Räumlichkeit gehabt als alles, was ich je zuvor gesehen hatte. Ich war nicht mehr sicher, ob die Welt im Spiegel oder die Welt draußen die wirkliche war.

«Wie soll ich wissen, mein Blümchen», sagte ich zu ihr, «dass es dich gibt und du existierst und dass du nicht nur eine Konstruktion aus Licht bist, die dieser Spiegel hier geschaffen hat?»

«Das kannst du nie wissen», erwiderte sie. «Ich bin nicht einmal selbst sicher. Wenn ich die Augen schließe, sehe ich Bilder von damals, als ich den Spiegel machte. Aber die Erinnerungen können ja vom Spiegel geschaffen worden sein, als er mich herstellte.»

Seitdem ist mir klar, dass dieses Problem auch immer das meine sein wird. Bin ich derjenige, der darüber schreibt, was er einmal erlebt hat? Oder fügt dieser Bericht meinem Leben irgendetwas hinzu, sodass man sagen muss, dass ich erst entstehe, während ich schreibe, dass also in gewissem Sinn erst dieses Protokoll mich zu dem macht, der ich bin? Und wie verwandelt es mich? Wenn Poe über Spiegel schrieb – wie in *Eine Mystifikation*, wie in *Die Philosophie der Einrichtung* –, wurde er selbst oberflächlich, glatt und gleichgültig, so als würde seine eigene Sprache zu einem Spiegel. Soll mir das Gleiche passieren?

Die Geschichte der Wissenschaft in Europa hat die Diskussion zwischen den Anhängern von Aristoteles und Galen nicht entscheiden können. Die Frage, inwieweit der Sehende passiv einen optischen Abdruck der Wirklichkeit empfängt oder selbst formt, was er sieht. Angesichts der Frau vor mir verstand ich, dass der Dialog immer sinnlos gewesen war, weil die Frage verkehrt gestellt war. Sie setzt voraus, dass es eine stabile Wirklichkeit zu beobachten gibt. Die gibt es nicht. In dem Augenblick, in dem wir die Welt betrachten, beginnt sie sich zu verändern. Und wir mit ihr. Die Wirklichkeit ansehen heißt nicht, eine Struktur begreifen. Es heißt vielmehr, sich unterwerfen und eine unüberschaubare Verwandlung einleiten.

Ich wandte mich dem Spiegel zu. Ich wusste, wenn ich seine Bilder jagte, würden sie entfliehen. Wenn ich ihnen davonlief, würden sie mich verfolgen. Sie würden mir verweigern, worum ich sie bitten würde. Was ich am meisten fürchtete, würden sie mir in die Gurgel stopfen. Die Geschichte Europas ist die Geschichte des grenzenlosen Vertrauens in die Macht des Willens. In diesem Augenblick sah ich die unendliche Begrenztheit dieses Willens. Vor diesem Spiegel hatte ich nur zwei Möglichkeiten, ich konnte mich davor stellen und aufgeben oder es ganz sein lassen.

In seinen Erinnerungen erzählt Carl Gustav Jung, wie er am Schreibtisch sitzt und zum ersten Mal in seinem Leben beschließt, sich von seinen inneren Bildern verschlingen zu lassen. Vielleicht ist es Furcht, die die Menschen dazu bringt loszulassen. Vielleicht ist es Verzweiflung. Mut ist es jedenfalls nicht.

Nur einen Moment lang zeigte mir der Spiegel meine physische Person. Dann muss er gemerkt haben, dass ich aufgegeben hatte, denn er ließ mich fallen. Der Raum um mich her verschwand. Irgendwo am Rande des Erlebens befand sich die Frau.

Ich lege dem, was ich gesehen habe, keine bestimmte Bedeutung bei. In *Alef* sah Luis Borges alle Punkte des Universums in ein und demselben Augenblick. Was ich sah, war unendlich viel weniger. Und es war sukzessiv. Wie die Stufen einer Treppe. Ich weiß nicht, ob sie nach oben oder nach unten, ob sie zur Wirklichkeit hin- oder von ihr wegführte.

Ich sah ein bodenloses Tal voller Nebel. Ich sah Spiraltürme aus Licht. Ich sah eine Frau mit dunklem Gesicht und einem Namen, der in einer nilotischen Sprache auf die blaugraue Stunde vor Sonnenaufgang verwies, in der ihre Mutter sie in einem Graben geboren hatte.

Ich sah einen Spiegel. Danach unendlich viele Spiegel, die ihre Leere spiegelten. Danach den Spiegel, den sie an Rasmus Rasks Lippen hielten, um zu sehen, ob er lebte. Danach seine Leiche. Danach Eselknochen an der Karawanenstraße von Tamale nach Mekka. Die beiden

Jahre, die die Pilgerfahrt dauerte (wie sieht man zwei Jahre?). Danach den Duft des Vinho Cheiro von Terceira (wie sieht man einen Duft?). Eine Trinkschale, die vor dreitausend Jahren in einem Ruderboot drei Tagereisen von der Küste des Gelben Meeres entfernt lackiert worden war.

Ich sah die großen Systemkonstrukteure und ihr Werk. Linné mit seiner Botanisiertrommel in Lappland. Den vorläufig letzten Buddha. Thomas von Aquin. Seinen Kommentar zu *De Anima.* Hegel bei seiner Antrittsvorlesung in Berlin. Wagner. Den letzten mathematischen Polyhistor, Poincaré. Den Schatten eines Menschen, der der Erlöser hätte sein können. Den Abschnitt in *De Caelo* – ich glaube, es war der sechsundfünfzigste –, in dem Swedenborg schreibt, die irdische Welt sei ein Spiegelbild der himmlischen.

Danach die großen Kosmologien. Der Spiegel zeigte mir eine Welt, die fließt. Eine Welt, die brennt. Eine Welt, die aus kleinsten Teilen besteht. Die selbst ein kleinster Teil in einem größeren ist. Eine Welt aus konzentrischen Kreisen. Eine Welt, die eine Illusion ist. Die eine Pflanze ist. Eine Welt, die von Ideen bewegt wird. Die von Menschen bewegt wird. Von Göttern. Von Vernunft. Von ökonomischen Gesetzmäßigkeiten. Eine Welt, die nicht existiert, sondern von einem Wesen geträumt wird, das auch nicht existiert.

Dann kam ein Augenblick Stille. Dann kam die Leere. Sie kam nicht als Abwesenheit. Sie kam als Anwesenheit, als spürbares Vakuum, das aus dem Spiegel heraustrat und mich zu sich zog.

Wer die Leere kennt, wird mich verstehen. Sie ist ein Sog im Weltraum.

Sie verschlang mich, und dann würgte sie mich wieder aus.

Die Menschen sind grenzenlos gleich und grenzenlos unterschiedlich. Die Leere kann eine Taufe sein, ein Fluss, ein Grundstein, eine Vernichtung, ein Kreuz, eine neue Algebra. Für mich bedeutete sie, dass ich unwiderruflich von der Liebe befreit wurde.

Ohne ganz sicher zu sein, meine ich, ganz gelassen ausgedrückt, dass ich auch unsterblich geworden bin.

Ich wusste jetzt, wonach diejenigen, die ihr Leben mit Suchen verbringen, suchen. Sie müssen die Leere gesehen haben, und den Rest ihres Lebens werden sie versuchen, sie noch einmal erleben zu können. Ich verstand jetzt, weshalb sich Jesus mit jedem dritten Satz widersprechen musste, weshalb Buddha seine Zuflucht zu Wundern nehmen und Mohammed drohen und Meister Eckehart verlangen musste, dass seine eigene Isolation unser aller Los sein müsse.

Sie alle hatten die Leere gesehen und wollten in sie zurück.

Die großen Systeme, die der Welt von der Wahrheit und dem Leben erzählen, erheben immer den Anspruch, definitiv wahr und ausgewogen zu sein. In Wirklichkeit sind sie ein furchtsamer Brückenschlag aus Sehnsucht. Das sah ich, und es machte mich rein und klar wie Bergkristall.

Leider vergesse ich langsam, was ich sah. Ich habe es zwar wieder gesehen, sie hat mir den Spiegel seither noch oft gezeigt, aber das Vergessen löscht es aus.

Es ist elf Tage, vier Stunden und dreiundfünfzig Minuten her, seit ich es zum letzten Mal gesehen habe. Ich kann mich noch immer, wenngleich mit Mühe, daran erinnern, wie weiß die Leere ist. Aber an sie selbst nicht mehr.

Während ich dies schreibe, spüre ich, dass ich die Frau vermisse. Dass ich mich bis zum Wahnsinn nach ihr sehne. Ich weiß, dass ich damit allem widerspreche, was ich geschrieben habe. Ich sehe der Tatsache ins Auge, dass mein Gleichgewicht nicht souverän und endgültig ist. Dass es weg ist.

Ich weiß jetzt, warum ich zornig bin. Ich habe Angst vor meiner Abhängigkeit von ihr. Ein Leben mit ihr wäre die Hölle. Ein Leben ohne sie wäre schlimmer. Ich habe etwas Kostbares gesehen, aber ich bin nur ein Mensch, genau das ist der Fehler, denn der Mensch ist zerbrechlich, er verfällt, er vergisst, er versagt, er schmälert, er entwertet, er wird von moralischer und intellektueller Inflation getroffen.

Wenn ich mich nur daran erinnern könnte, wie es sich anfühlte, bescheiden und damit Herr der Lage zu sein. Doch das Vergessen frisst meine Demut. Ich schreibe dies mit einem zunehmenden fatalen Selbstgefühl. Ich werde aufgeblasen, ich steige empor. Ich kann den Bleistift nicht halten. Meine Liebe zu ihr ist einzigartig, sie ist enorm. Wo ist meine Ruhe? Mein Klischeebewusstsein? Mein Zynismus? Meine karmische Abgeklärtheit? Wo sind meine Spiegel? Wo ist die Frau? Hilfe!

Peter Høeg

Peter Høeg, geboren am 7. Mai 1957 in Kopenhagen, studierte Literaturwissenschaft und trat als Tänzer und Schauspieler an dänischen und schwedischen Bühnen auf. Er schrieb Theaterstücke, Romane und Erzählungen. Peter Høeg lebt in Brumleby auf Østerbro (Dänemark).

Vorstellung vom zwanzigsten Jahrhundert *Roman*
(rororo 13348)
«Eine blitzgescheite Gesellschaftssatire.»
Frankfurter Allgemeine Zeitung

Fräulein Smillas Gespür für Schnee *Roman*
(rororo 13599)
Der internationale Erfolg dieses literarischen Thrillers hat neben der faszinierenden Geschichte vor allem mit seiner Heldin zu tun: der wunderbar ruppigen, unangepaßten und zugleich zarten und verletzlichen Smilla.
«Eine aberwitzige Verbindung von Thriller und hoher Literatur.»
Der Spiegel

Der Plan von der Abschaffung des Dunkels *Roman*
(rororo 13790)
Peter Høegs Roman geht unter die Haut – als Anklage eines unmenschlichen Schulsystems, als philosophische Betrachtung über die Zeit, als autobiographische Bewältigung und als ganz zarte Liebesgeschichte.
«Ein Buch für die Ewigkeit!»
Stern

rororo Literatur

Die Frau und der Affe *Roman*
(rororo 22315)
«*Die Frau und der Affe* ist ein ganz besonderes Dschungelbuch, ein Märchen-Thriller, eine spannend und komisch erzählte Fabel über die Hinterhältigkeiten der Zivilisation und die Sehnsucht nach Vereinigung mit der Natur.» *Stern*

Von der Liebe und ihren Bedingungen in der Nacht des 19. März 1929
(rororo 22314)
Sechs Geschichten von der Liebe, und alle spielen in derselben Nacht. Ein Geschichtenzyklus als kleines Welttheater, das von Dänemark bis Indien, von Lissabon bis Zentralafrika reicht.
»Vielleicht helfen Geschichten wie diese, mit der Verlorenheit der Welt fertig zu werden. Peter Høeg kann sie erzählen.»
Frankfurter Rundschau

Rowohlt im Internet:
www.rowohlt.de

3672/2